로크미디어가
유혹하는
재미있는 세상

ROK
MEDIA
로크미디어

천외천의 주인 13

2021년 7월 9일 초판 1쇄 인쇄
2021년 7월 14일 초판 1쇄 발행

지은이 한수오
발행인 김정수 강준규

기획 이기헌 왕소현 박경무 강민구
책임편집 오영란
마케팅지원 배진경 임혜솔 송지유 이영선

발행처 (주)로크미디어
출판등록 2003년 3월 24일
주소 서울시 마포구 성암로 330 DMC첨단산업센터 318호
Tel (02)3273-5135 **편집** 070-7863-8596 **Fax** (02)3273-5134
홈페이지 rokmedia.com **E-mail** rokmedia@empas.com

© 한수오, 2020

값 8,000원

ISBN 979-11-354-9400-0 (13권)
ISBN 979-11-354-8621-0 04810 (세트)

천외천의 주인

| 역천逆天의 흐름 |

한수오 신무협 장편소설

13

차례

마두魔頭 (1)

"수년 전부터 남창부 일대에서 실종되는 어린 아이들이 급격히 많아졌네. 유독 가뭄이 심하던 시기라 일자리를 찾아서 객지로 떠난 부모들로 인해 고아들이 늘고 종적이 묘연해지는 아이들도 꽤 적지 않았지만, 그래 봤자 한 해에 수십 명 안팎이던 것이 수백 명 이상으로 갑자기 부쩍 늘었지. 비록 물증은 없지만, 본관은 그게 모용세가와 밀접한 연관이 있다고 보네."

신응 모용사관이 고개를 깊이 숙이며 간곡히 부탁하고 나서 곧바로 부연한 내용이었다.

어리둥절해서 모용사관을 바라보던 설무백의 눈빛은 대번에 모호함으로 바뀌었다.

'왜 내게……?'

설무백의 의문이었다.

모용사관이 그의 의혹을 읽은 듯 먼저 설명에 나섰다.

"괜한 의심이나 의혹은 넣어 두시게. 이건 집안의 일이기 이전에 무림의 사건이며, 나는 엄연히 무림의 일에 나서는 것에 제약이 많은 관인이기에 나름의 고심 끝에 내린 결정이라네."

설무백은 고개를 저었다.

그의 의혹은 여전히 풀리지 않고 있었다.

"강호의 무인이 저만 있는 것은 아니죠. 하물며 저는 강남 무림에 아무런 연고가 없는 사람입니다. 모용세가가 남맹에 가입되어 있다는 것이 마음에 걸려서 그쪽에 직접적인 부탁을 할 수는 없었다 치더라도 굳이 저를 선택한 것은 참으로 의문이 들지 않을 수 없는 파격이지요."

"파격이지."

모용사관이 기다렸다는 듯 동의하며 말했다.

"하지만 나로서는 마땅히 다른 도리가 없네. 지극히 제한적인 작금의 상황에서 남몰래 모용세가를 파헤쳐 볼 수 있는 능력자는 손에 꼽히는데다가, 그중에서 믿을 수 있는 사람을 찾기란 그야말로 불가능에 가까우니 말일세."

설무백은 보란 듯이 고개를 갸웃거렸다.

"모용세가를 과대평가하는 건지, 저를 과대평가하는 건지 모르겠네요."

모용사관이 웃음기를 지운 얼굴로 단호하게 대답했다.

"나는 그 어느 것도 과대평가하는 사람이 아닐세."

설무백은 냉정하게 따졌다.

"제가 그 정도의 실력자인지 아닌지는 둘째 치고, 대체 저를 언제 봤다고 믿는다는 거죠?"

모용사관이 입가에 미소를 그리며 대답했다.

"솔직히 말하며 자네를 믿는다기보다 냉 가, 그 녀석을 믿는 거지."

설무백은 본의 아니게 머쓱한 표정을 지으며 어깨를 으쓱했다.

"두 분의 친분이 제가 생각하는 것 이상으로 두터웠군요. 아무리 그래도 이런 일에 저를 추천한 것도 놀랍고, 그 추천을 선뜻 받아들인 것도 당황스럽네요."

그리고 노골적으로 속내를 드러냈다.

"혹시 제가 모르는 무언가가 더 있다는 뜻일까요?"

모용사관이 사뭇 단호해진 표정으로 대답했다.

"내가 자네에게 해 줄 얘기는 다 했네. 그러니 이제 대답을 듣고 싶네."

그는 힘주어 물었다.

"본관의 부탁을 들어주겠나?"

설무백은 잠시 모용사관의 시선을 마주하며 고개를 끄덕이다가 불쑥 말했다.

"저에 대해서 얼마나 아는지는 몰라도, 제가 꽤나 실리에 밝은 사람이라는 것은 자신 있게 말씀드릴 수 있습니다. 그래서 하는 말인데, 그 부탁을 들어주면 제게 어떤 이득이 주어지는 거죠?"

모용사관이 살짝 찌푸린 얼굴로 고개를 갸웃했다.

"꽤나 정의롭다고 들었는데, 듣던 바와 다른 걸?"

설무백은 피식 웃었다.

"냉사무 총포두가 저를 잘못 보신 모양이네요. 저 그런 사람 아닙니다. 제가 이래 봬도 정의 따위가 밥을 먹여 주지는 않는다는 사실을 일찍이 깨우친 흑도랍니다. 이래저래 딸린 식구도 적지 않고 말입니다."

모용사관이 씁쓸한 표정으로 입맛을 다셨다.

"세상에 공짜는 없지. 예상은 하고 있었지만, 직접 듣고 나니 입맛이 쓰긴 하군."

설무백은 대수롭지 않게 말을 받았다.

"너그러운 이해를 바랍니다. 다른 걸 다 떠나서 공과 사는 분명히 해야지요. 친분은 친분이고, 일은 일이니까요. 막말로 말해서 총포두님도 착한 일만 하던 사람이 잘못을 저질렀다고 해서 그냥 봐주고 넘어가진 않을 것 아닙니까."

"그야 물론이지."

모용사관이 충분히 납득했다는 듯 고개를 끄덕이며 대뜸

품에서 꺼낸 작은 물건 하나를 탁자에 내려놓았다.

"내가 가진 것 중에서 가장 귀한 물건일세. 이걸 대가로 자네에게 주겠네."

녹황색의 청옥(靑玉)으로 만든 어린아이 주먹만 한 크기의 조각품이었다.

오뚝하니 서서 웃고 있는 배불뚝이 환희불(歡喜佛)인데, 특이하게도 다리가 여섯 개나 되었다.

"총포두가 되면 황제폐하에게 보검을 하사받게 되고, 황궁무고에 들어서 마음에 드는 물건 하나를 선택할 수 있는 특전이 주어지지. 그때 선택한 물건일세."

일개 관헌이 황제를 배알한다는 것 자체가 대단히 영광스러운 일이다.

또한 환희불상은 소위 천추무상별부(千秋武相別府)라 불리며 살아 있는 전설 중 하나로 통하는 황궁무고에 보관되어 있던 물건이니 정말 엄청난 내력을 가진 유서 깊은 보물일지도 모른다.

탁자에 내려놓은 환희불상을 바라보며 설명하는 모용사관의 눈빛에는 그와 같은 감흥이 넘쳐나고 있었다.

그러나 설무백의 감정은 모용사관과 동화되지 않았다.

그의 눈에 들어온 환희불상은 그저 오래돼서 낡은 골동품일 뿐이었다.

"특이하긴 하네요."

모용사관이 심드렁한 설무백을 바라보며 그런 반응일 줄 알았다는 듯 빙그레 웃었다.

"더욱 특이한 걸 말해 줄까?"

설무백은 별다른 기대는 없었으나, 예의상 관심을 보이며 모용사관을 바라보았다.

그러다가 이내 한 방 맞은 표정으로 굳어졌다.

그가 꿈에도 생각하지 못한 말이 모용사관의 입에서 흘러나왔기 때문이다.

"천하 양대 전설 중 하나와 관련된 물건일세. 바로 다라십삼경말일세."

"그래서?"

휘영청 달이 밝은 밤, 북평왕부의 후원이었다.

달빛 아래 기묘한 정원석와 무성한 정원수의 조화를 배경으로 두고, 한 장의 그림처럼 자리하고 있는 팔각정(八角亭).

그곳에서 설무백과 마주 앉아 대작하던 연왕은 호기심 가득한 눈빛을 드러내며 묻고 있었다.

모용사관과의 거래를 설명하던 설무백은 절로 고개를 갸웃거렸다.

"그게 그 정도로 궁금한 일인가요?"

연왕이 당연하다는 듯이 대꾸했다.

"궁금하지."

"어째서요?"

"내가 아는 아우님은 적수를 찾기 어려울 정도로 엄청난 천하의 고수 아닌가. 과연 그런 고수도 새로운 무공에 욕심을 내나 궁금해서 말이야."

설무백은 웃었다.

"억만금을 손에 쥐고도 남의 손에 들린 동전 한 닢을 탐내는 것이 사람의 마음이라고 하질 않습니까. 저도 사람인데 별수 있나요. 기꺼이 수락했죠. 하하하……!"

연왕이 정말 신기하다는 눈빛을 드러냈다.

"아우님 같은 고수가 비록 무림의 전설이라고는 하나, 고작 신빙성 하나 증명된 바 없는 그따위 물건에 혹해서 자칫 손꼽히는 권문세가인 모용세가와 척을 질 수도 있는 일을 수락했다니, 놀랍군. 정말 그게 다는 아니겠지?"

물론 그게 다는 아니었다.

설무백은 대수롭지 않게 웃는 낯으로 그것을 설명해 주었다.

"제가 가지고 싶다는 생각보다 남의 손에 들어가지 못하게 하려는 마음이 더 컸습니다. 만에 하나라도 전설이 사실이라면 그걸 손에 쥐게 되는 자의 심성을 걱정해야 되는 일이 정말 싫더라고요."

"왠지 모르게 아우님다운 이유라는 생각이 드는군. 하지만 그래도 그게 다라고는……?"

고개를 끄덕이며 수긍하던 연왕이 미묘하게 비틀린 눈초리로 설무백을 바라보았다.

어서 진짜 이유를 밝히라는 재촉이었다.

설무백은 난감했다.

애초에 진짜 이유를 드러낼 생각은 없었기 때문이다.

그는 그런 내색을 삼가며 에둘러 말했다.

"사실 어차피 답은 승낙으로 정해져 있었습니다. 모용사관이 밝힌 이유가 그간 내내 저의 머릿속을 떠나지 않고 있던 한 가지 의문과 맞물려 있었거든요."

연왕이 물었다.

"그게 어떤 의문이지?"

진짜 의문은 몇 년 후 거의 동시다발적으로 들고 일어나서 세상을 뒤집고 환란의 시대를 주도할 자들이 대체 지금은 다들 어디에 숨어 있느냐는 것이었다.

그러나 설무백은 전생과 얽힌 그 문제를 노골적으로 드러낼 수가 없었다.

그는 잠깐 사이에 머리를 굴려서 준비한 이유를 말했다.

"저는 얼마 전부터 중원에서 아이들이 실종되는 사건을 조사하는 중이었고, 그 주범이 천사교라는 이단의 사교라는 것을 밝혀냈습니다. 혹시나 모용세가가 그들 천사교와 관계가 있을지도 모른다는 것이 저의 생각입니다."

"음."

연왕이 묵직한 침음을 흘리며 고개를 끄덕이다가 문득 피식 웃으며 설무백을 쳐다봤다.

"일찍이 정의 따위가 밥을 먹여 주지 않는다는 사실을 깨우친 흑도라고 했다면서?"

설무백은 아무렇지도 않게 대답했다.

"이건 정의가 아니라 흑도의 밥그릇 싸움입니다. 그 따위 놈들이 설치면 저처럼 정당하게 흑도의 본령을 따르는 흑도들의 자리가 좁아지게 되니까요."

"흑도의 본령이 뭔데?"

"필요하다면 약탈과 살인을 해서라도 이득을 보는 거죠. 그래야 먹고살 수 있고, 형제, 동려들도 먹여 살릴 수 있으니까요. 저 같은 고수라도 찬바람만 마시고는 절대 살 수 없거든요."

연왕이 너무 기가 차서 입이 제대로 안 떨어진다는 표정으로 설무백을 바라보았다.

"하도 뻔뻔스럽게 말을 하니 정말 그게 사실인 것 같은 기분이 드는군."

그는 실소하며 다시 말했다.

"좋아, 감히 이 우형을 가장 늦게 찾아와서 아주 혼쭐을 내주려고 했는데, 이렇게라도 웃게 해 주었으니 그건 용서하기로 하지."

설무백은 씩 웃으며 뻔뻔스럽게 포권의 예를 취했다.

"성은이 망극합니다, 형님."

"성은 소리를 말든지, 형님 소리를 빼든지. 그게 대체 무슨 인사야?"

연왕이 새삼 실소하며 손을 내젓고는 문득 은근한 목소리로 재우쳐 말했다.

"그보다 농담이 아니라 모용세가가 아우님 세계에서는 어떤지 몰라도 이 우형의 세계에서는 방귀깨나 뀌는 집안인데, 정말 괜찮겠어? 어떻게 이 우형이 한번 도와줘?"

설무백은 손사래를 쳤다.

"만약 형님이 나서면 당연히 저쪽이 알게 되고, 그럼 정말 일이 커져서 저로서도 감당이 안 될 겁니다. 그냥 모르는 척 계시는 것이 이 아우를 도와주는 길이니, 아예 꿈도 꾸지 마십시오."

저쪽은 바로 남경 응천부의 황궁을 뜻했다.

연왕이 대번에 그걸 알아듣고는 쩝쩝 입맛을 다셨다.

"그게 또 그렇게 되나?"

설무백은 그에 대해서는 더 이상의 언급을 회피하며 술잔을 들었다.

"술이나 드시죠?"

"왜? 술이 떡이 되게 해서 얼른 재우고 가려고?"

연왕이 말은 그렇게 하면서도 술잔을 들어서 부딪치고 단숨에 마셨다.

설무백도 단숨에 술잔을 비웠다.

그리고 새삼 씩 웃으며 자리를 털고 일어났다.

"이제 그렇게 말씀하셔도 더는 안 됩니다. 한 병만 더, 한 병만 더 하다가 벌써 이게 몇 병째입니까? 이러다간 오늘 중으로 못 떠납니다."

지금 그들의 주변에는 어느새 십여 개의 술병이 나뒹굴고 있었다.

설무백의 말마따나 연왕이 거듭 '한 병만 더'를 외치는 바람에 쌓인 술병이었다.

"쩨쩨하게 굴긴. 오늘 중으로 못 떠나면 어때서. 내일 떠나면 되는 거지."

연왕은 이미 적잖게 취기가 올라 있었다.

설무백을 따라서 일어나는 그의 몸이 중심을 잡지 못하고 살짝 비틀거렸다.

설무백은 공력을 가볍게 발휘해서 비틀거리는 연왕을 곱게 자리에 앉히며 피식 웃었다.

"그냥 앉아 계세요. 이 사람, 저 사람 다 따라나서는 형님 배웅은 부담스러워서 사양입니다."

연왕이 스스로 몸을 가누기 어렵다는 사실을 인지한 듯 빙그레 웃으며 물었다.

"그래서 언제 다시 볼 수 있다는 건데?"

설무백은 공수하며 대답했다.

"해는 넘기지 않도록 하지요."

연왕이 아쉬운 표정으로 설무백을 바라보았다.

설무백은 익숙하지 않은 감정의 기류를 느끼며 애써 화제를 돌렸다.

"일전에 나서지 않은 것은 정말 잘하신 겁니다. 당분간은 그 마음, 잃지 마시길 바랍니다."

연왕이 실소하며 말을 받았다.

"이거 솔직해도 너무 솔직하네. 그러니까, 지금 나보고 당분간은 절대 나서지 마라, 이거지?"

설무백은 짐짓 멋쩍게 웃으며 솔직하게 인정했다.

"바로 그겁니다."

"좋아, 그러지!"

연왕이 대번에 승낙하고는 대뜸 설무백의 소매를 잡아당겨서 자리에 앉혔다.

"대신에 정말 마지막으로 딱 술 한 병만 더하고 가라!"

설무백은 다른 도리가 없었다.

그는 어쩔 수 없이 술 한 병을 더 마셨다.

그리고 술병이 비워졌을 때, 또다시 딱 한 병만 더 하고 가라는 연왕의 말을 거절하지 못했다.

결국 한 병은 다시 열 병으로 늘어났고, 그는 다음 날 아침이 밝아서야 왕부를 나설 수 있게 되었다.

  북평 왕부를 나선 설무백은 곧장 난주로 향했다.

  이래저래 생각이 많았으나, 결국 풍잔의 식구들을 외면할
수 없었다.

  명색이 그는 수장이다.

  수장이 서너 달이나 외부를 떠돈다는 것은 제아무리 믿을
만한 동료들이 즐비하다고 해도 도리나 도의를 떠나서 그의
마음이 내키지 않았다.

  물론 아직 시간적인 여유가 있기에 가능한 결정이었다.

  역사의 틀이 크게 변형되지 않았다면 환란의 시대까지는
최소한 육 년의 시간이 남아 있었다.

  그리고 그 시간은 환란의 시대를 일으킨 자들보다는 환란
의 시대를 대비하는 설무백에게 더 중요한 시간이었다.

  조급하게 서두르기보다는 그 시간을 최대한 활용해서 차
분하고 신중하게 만전을 기해야 했다.

  그래야 환란의 시대를 막지는 못해도 버틸 수 있고, 싸워
나갈 수 있을 것이라는 게 설무백의 생각이었다.

  다만 그런 그의 마음을 알거나 혹은 짐작하는 사람은 없었
고, 그건 그의 곁을 따르는 공야무륵 등도 물론 예외가 아니
었다.

  그 때문일 것이다.

귀가를 선택한 설무백의 결정을 그들은 선뜻 이해하기 어려운 것 같았다.

　북평을 벗어나서 하북의 성경계를 넘어 산서로 입성하는 상황이 되어 귀가가 거의 확실시되자, 늘 그렇듯 모두를 대신해 암중의 혈영이 나서며 물었다.

　"외람된 말이지만, 아이들이 관련된 일에는 늘 우선적으로 나서신 것으로 압니다만?"

　밑도 끝도 없이 불쑥 건네진 질문임에도 불구하고 설무백은 아무렇지도 않았다.

　처음부터 그들이 가지고 있는 의혹을 그는 알고 있었다.

　어느새 하루 반나절이 지난 시점이라, 그저 꽤나 오래 참았구나 하는 기분이 들 뿐이었다.

　그는 잠시 생각을 정리하고 나서 입을 열었다.

　대답이 아니라 오히려 질문이었다.

　"천사교의 인신공양에 대한 정보를 입수한 이후부터 지금까지, 우리가 몇 번이나 놈들의 비밀 지부를 털었지?"

　"대략 삼십여 군데입니다. 물론 그 장소들이 전부 다 놈들의 비밀 지부인지는 장담할 수 없지만."

　"그럼 그러는 동안 우리가 놈들의 요인을 만난 경우는?"

　혈영이 잠시 뜸을 들이다가 대답했다.

　"……한 번도 없었습니다."

　설무백은 어깨를 으쓱하며 말했다.

"그래서 그런 거야. 놈들은 철저하게 점조직으로 움직이고 있어. 뜬금없이 후군도독 등평의 집안에서 놈들의 인신공양으로 만들어진 철면 강시를 만난 것이 좋은 예지. 이대로 가다가는 놈들보다 우리의 존재가 먼저 드러날 거야. 그럴 수는 없지. 이제 우리도 보다 더 신중하게 움직일 필요가 있어."

혈영이 새삼 여유를 두었다가 말을 받았다.

"거듭 외람된 말이지만, 주군이 생각하시는 적이 생사교의 교리를 이어받은 작금의 천사교라면 차라리 대대적으로 공표하고 나서서 싸우는 것은 어떻습니까? 그러니까……."

"북련과 남맹에 천사교의 실체를 알리자?"

"예, 그렇습니다. 지금 주군의 입지와 천사교의 사악함을 두고 볼 때, 충분히 북련과 남맹의 도움을 끌어낼 수 있다는 것이 저의 생각입니다."

"확실히 보기보다 순진해."

설무백은 픽 웃으며 재우쳐 물었다.

"정말 저들이 천사교의 실체를 모른다고 생각해?"

"아닙니까?"

"당연히 아니지. 우리보다 더 알지는 못해도 우리만큼은 알고 있을 걸 아마?"

"……?"

혈영이 설마 그럴 리가 있겠냐는 기색이면서도 감히 항변하지 않고 침묵했다.

내내 침묵한 채 그들의 대화에 귀를 기울이고 있던 공야무륵과 위지건도 그와 같은 생각을 하고 있는 건지 연신 고개를 갸웃거렸다.

설무백은 그들의 마음을 충분히 이해하기에 굳이 설명을 추가했다.

"게다가 기본적으로 잘못 짚었어. 내가 생각하는 적은 천사교만이 아니야. 천사교과 같은 무리를 부리는 자들이지."

"음."

조용히 경청하던 암중의 사도와 흑영, 백영이 나직한 침음으로 당황을 드러내고, 옆에서 지켜보던 공야무륵과 위지건이 새삼스러운 눈초리로 설무백을 바라보는 것으로 놀라움을 표시하는 가운데, 혈영이 거듭 확인했다.

"천사교와 같은 무리가 한둘이 아니라는 건가요? 대체 어떻게 그럴 수가 있죠?"

설무백은 습관처럼 특유의 미온한 미소를 드러냈다.

흐뭇함의 발로였다.

이제 그가 무슨 말을 해도 혈영 등 그의 측근들은 의심할지언정 부정하지 않았다.

매우 고무적인 일이었다.

"어떻게 그럴 수 있는지는 나도 몰라."

설무백은 기분 좋게 웃으며 재우쳐 말했다.

"다만 너무 그렇게 알려고 서두르지 않아도 돼. 이건 때가 되면 알기 싫어도 자연히 알게 될 일이거든."

혈영이 수긍하듯 말했다.

"머지않아 도래한다고 하셨던 환란의 시대를 말씀하시는 거군요."

설무백은 대답 대신 잠시 주변을 둘러보다가 이내 피식 웃으며 고개를 저었다.

"아니. 어쩌면 그전에 알 수도 있을 것 같네. 우리가 그렇듯 그들도 우리가 궁금한 모양이니까."

혈영이, 그리고 공야무륵 등 나머지도 거의 동시에 그의 말이 무슨 뜻인지 알아들었다.

누군가 있었다.

전면, 완만하게 휘어진 관도의 저편이었다.

태양이 막 서산을 넘어가려는 참이라 순간순간 빠르게 그늘지는 산과 나무들 속에 겨우 모습을 드러낸 관도의 끝자락에 홀연히 세 명의 노인이 있었다.

흑과 백, 적색의 장삼을 걸쳐서 확연히 구분되는 세 명의 노인이었다.

"천기칠살의 셋입니다."

암중의 사도가 첫눈에 알아보며 설명했다.

"홀쭉한 왼쪽의 흑의노인이 목혼살(木魂殺)이고, 배불뚝이 단신인 가운데 백의노인이 금혼살(金魂殺), 민대머리인 우측의 적의노인이 토혼살(土魂殺)인데, 각기 기문병기에 속하는 유성표(流星鏢)와 금강벽(金剛壁)이라는 외문기공, 흑뢰기(黑雷氣)라는 음살강기(陰殺剛氣)가 장기인 고수들입니다."

설명을 끝낸 사도가 정말 의외라는 듯이 한마디 덧붙였다.

"다들 자존심이 강해서 힘을 합치는 경우가 없는 자들인데, 오늘은 셋이나 뭉쳤네요."

설무백은 고개를 저었다.

"셋이 아니라 여섯이야. 하나는 뒤쪽에, 나머지 둘은 각기 하늘과 땅속에 숨어 있네."

사도가 흠칫 놀란 기색을 보이면서도 재빨리 부연했다.

"염화편(炎火鞭)이라는 열양공(熱陽功)에 기반한 편법(鞭法)이, 즉 채찍이 장기인 화혼살과 천기칠살의 첫째와 둘째인 천살(天殺)과 지살(地殺)일 겁니다. 죄송하게도, 천살과 지살의 무공은 드러난 바가 없습니다. 그저 최고의 은신술을 가졌다고만 알려졌는데, 그들의 무공을 본 사람은 다 죽어 나가서 그렇답니다. 단 한 번의 실패도 없던 살수들이니까요."

공야무륵이 사도의 설명이 끝나기 무섭게 신난다는 듯 발걸음을 서둘렀다.

"잘됐군. 남들이 모르는 비밀을 밝히는 거, 생각보다 아주 재밌거든."

위지건이 덩달아 발걸음을 빨리하며 설무백을 돌아보았다.

무턱대고 나서고 보는 공야무륵과 달리 허락을 받으려는 것이었다.

천외천의
주인

설무백은 허락했다.

"가능하면 금혼살과 부딪쳐 봐."

금혼살의 독문무공인 금강벽은 강호일절로 꼽히는 상승의 외문기공이었다.

승패를 떠나서 아직 청우기공을 대성하지 못한 위지건에게 적잖은 도움을 줄 수 있을 터였다.

"옙!"

위지건이 즉시 대답하며 부리나케 공야무륵의 뒤를 따라갔다.

설무백은 느긋하게 그 뒤를 따라가며 은연중에 눈치를 보는 암중의 혈영 등을 향해 말했다.

"저쪽도 여섯이니까 알아서들 해."

아직 갈 길이 먼 까닭에 생각 같아서는 그냥 그가 나서서 빨리 처리하고 싶었지만, 그건 안 될 말이었다.

공야무륵과 혈영 등은 매번 그를 수행하느라 따로 수련할 시간이 거의 없었다.

따라서 실전으로 수련을 대신해야 했는데, 상승의 경지로 접어든 그들인지라 수련에 도움이 될 만한 적수를 찾는 것도 쉬운 일이 아니었다.

즉, 공야무륵과 혈영 등에게 지금과 같은 기회는 절대 흔치 않았다.

"감사합니다!"

혈영과 사도, 흑영, 백영이 누가 먼저랄 것도 없이 동시에 짧게 인사하면서 마치 시위를 떠난 화살처럼 앞으로 쏘아져 나갔다.

만일 다른 사람이 보았다면 정말이지 기가 차고 어이가 없어서 자신의 눈과 귀를 의심했을 상황이었다.

그럴 수밖에 없는 것이 상대는 천하에서 손꼽히는 살수들인 천기칠살이다.

어느 세상에 천기칠살을 상대하라는 명령을 듣고, 정확히는 허락에 이처럼 감사하다는 인사를 하며 혹시나 허락이 거두어질까 봐 부리나케 달려 나가는 사람들이 과연 몇이나 있을 것인가.

분명 없진 않겠지만, 매우 드물 것이다.

그래서였다.

자신들을 보자마자 득달같이 달려오는 공야무륵과 위지건을 보고 고개를 갸웃거리던 천기칠살의 세 사람, 목혼살과 금혼살, 토혼살은 절로 눈살을 찌푸렸다.

다들 여태 한 번도 겪어 보지 못한 상황이라 진심으로 어리둥절한 것이다.

목혼살이 말했다.

"쟤들 뭐야?"

금혼살이 말을 받았다.

"미친놈들인가?"

토혼살이 고개를 저었다.

"미친놈들이 저렇게 몰려다니는 거 봤냐?"

나름 기회를 엿보려고 뒤쪽에 매복해 있던 화혼살이 빽 하고 소리쳤다.

"보통 놈들이 아니라니까!"

목혼살이 정신을 차린 듯 쇄도하는 공야무륵 등을 향해 날카롭게 외쳤다.

"멈춰라!"

그러나 공야무륵 등은 멈추지 않았다.

금혼살이 이제야 사태를 파악한 듯 살기를 드러내며 준엄한 호통을 내질렀다.

"우리는 마정의 천기칠살이다! 청부를 수락하고 정당하게 네놈들의 목숨을 가지러 왔으니, 부질없는 반항일랑 집어치우고 어서 엎드려서 목이나…… 어?"

'길게 빼라'는 말 대신 당황스러운 반문이 이어졌다.

들은 척도 하지 않고 쇄도하는 공야무륵 등의 뒤쪽에서 거대한 덩치 하나가 높이 떠오르더니 그대로 금혼살을 덮쳤기 때문이다.

"너는 내꺼!"

위지건이었다.

금혼살은 본능적으로 두 손을 높이 쳐들었다.

금빛으로 물든 두 손이었다.

그 와중에 반사적으로 자신의 독문신공인 금강벽을 펼친 것이다.

거대한 덩치와 어울리지 않게 먹이를 노리는 매처럼 높은 하늘에서부터 떨어져 내리는 위지건이 그 모습을 보고 반응해서 두 손을 내밀었다.

금혼살과 달리 검푸른 기운에 휩싸인 두 손, 과거 외문기공의 절대강자로 군림하던 대력패왕 철우의 절대절기인 청우기공이었다.

꽝-!

벽력과도 같은 폭음이 터치며 금빛과 검푸른 기운이 사방으로 비산했다.

뒤집어진 땅거죽과 조각난 흙덩이가 하늘 높이 치솟는 가운데, 자욱한 흙먼지가 사방을 잠식했다.

그리고 그 속에서 당황에 겨운 금혼살의 외마디 탄성이 터졌다.

"어라?"

금혼살은 전신이 땅속에 파묻혀서 머리만 내민 채로 두 손을 쳐들고 있었다.

힘과 힘이 충돌한 위지건과의 대결에서 밀렸으나, 그의 외문기공 또한 범상한 것이 아닌지라 피 떡이 되는 대신에 거대한 쇠망치로 두들겨진 못처럼 전신이 땅속에 박혀 버린 것이다.

살았다는 안도감에 이어 땅속에 박힌 자신의 처지에 대한 부끄러움도 잠시, 그의 얼굴은 이내 참혹하게 일그러졌다.

위지건이 히죽히죽 웃는 얼굴로 함지박만 한 주먹을 흔들어 보이며 그를 내려다보고 있었기 때문이다.

"내 거!"

"자, 잠깐!"

금혼살은 다급히 외쳤으나, 소용없었다.

위지건의 함지박만 한 주먹이, 검푸른 기류에 휩싸여서 강철보다 더 단단해 보이는 정권이 이미 소나기처럼 그의 머리를 두드렸다.

꽝! 꽝! 꽝!

얼마나 두들겨 맞았는지는 모르겠으나, 그가 기억하는 주먹질은 고작 세 번이었다.

세 번의 주먹질에 그의 정신이 끊어진 것이다.

득달같이 쇄도하던 공야무륵의 뒤쪽에서 비상한 위지건이 이내 유성처럼 떨어져 내려서 금혼살을 덮칠 때까지 걸린 시간은 불과 한 호흡도 되지 않았다.

당사자인 금혼살의 체감으로는 그보다 더 짧아서 그야말로 눈 깜짝할 사이에 벌어진 사태였다.

그러나 금혼살의 곁에 서 있던 천기칠살의 두 사람, 목혼살과 토혼살은 이미 오래전에 무림의 일류를 넘어선 고수들이었고, 그들의 감각은 촌음보다 빠른 순간에 벌어진 금혼살과 위지건의 격돌을 놓치지 않았다.

다만 약간의 차이는 있었다.

그들 중에 격돌의 결과로 땅속에 처박힌 금혼살을 먼저 본 사람은 토혼살이었다.

그건 그가 금혼살과 가까운 거리에 있었기 때문이기도 했지만, 그에 앞서 그의 감각이 목혼살보다 더 뛰어나다는 이유가 더 컸다.

병장기를 쓰는 목혼살과 달리 그의 장기는 기공(氣功)이었기 때문이다.

하지만 결과적으로 달라지는 것은 아무것도 없었다.

토혼살은 단지 먼저 보고 느꼈을 뿐, 정작 나서서 금혼살을 도와주지는 못했다.

냉혈한이라 도와줄 마음이 없어서가 아니었다.

마음은 있었지만 그 마음을 행동으로 옮길 여력도, 여유도 존재하지 않았다.

찰나지간 금혼살에게 한눈을 판 그의 전면으로 무지막지한 거력이 담긴 도끼의 서슬이 덮쳤기 때문이다.

공야무륵의 도끼였다.

"헉!"

토혼살은 앞뒤 안 가리고 사력을 다해서 옆으로 몸을 굴렸다.

싸우는 도중에 몸을 땅바닥에 굴려서 적의 공격을 피하는 것을 나려타곤(懶驢打滾)이라고 한다.

이는 게으른 당나귀가 땅바닥을 구른다는 뜻으로, 달리 피할 방법도, 막아 낼 여력도 없을 때 사용하는데, 고수들 간에서는 더할 나위 없는 수치로 여겨지는 수법이었다.

지금의 토혼살은 그만큼 이런 거, 저런 거 따질 여유가 없을 정도로 궁지에 몰려 있었다.

그게 다가 아니었다.

반격할 기회도 없었다.

정확히는 그의 눈에 반격할 틈이 보이지 않았다.

공야무륵의 손에 들린 도끼는 하나가 아니라 두 개였다.

양인부와 낭아부가 그것이었다.

처음에 토혼살을 노린 도끼는 그중에 양인부였는데, 그 뒤를 낭아부가 따르고 있었다.

본능적으로 그것을 감지한 토혼살은 사력을 다해서 거듭 땅바닥을 굴렀다.

팍-!

토혼살이 비켜 난 땅바닥 깊숙이 낭아부의 서슬이 박혀 들었다. 그다음은 다시 양인부였다.

토혼살은 땅바닥을 구르는 자신의 몸에 가속을 붙였다.

무지막지하게 휘둘러지는 공야무륵의 양인부와 낭아부가 간발의 차이로 토혼살의 몸이 구르고 지나간 땅바닥을 연속해서 두들겼다.

팍! 팍! 팍─!

토혼살이 굴러가는 땅바닥을 따라 깊은 고랑이 패였다.

조금이라도 늦거나 약간의 비틀림만 있어도 여지없이 토혼살의 몸을 토막 내 버릴 죽음의 고랑이었다.

하지만 언제까지 바닥을 구르고만 있을 수는 없었다.

반격을 못 하면, 아니, 하다못해 적의 공세에서 벗어나기라도 해야 반격의 기회를 잡을 수 있었다.

"익!"

토혼살은 땅바닥을 구르는 와중에 한순간 이를 악물며 사력을 다해서 튀어 올랐다.

메뚜기처럼 혹은 놀란 새처럼 더 없이 빠른 비상이었다.

그러나 그의 입장에서는 대단히 아쉽게도 공야무륵은 이미 사냥꾼의 마음으로 그 순간을 노리고 있었다.

땅바닥을 굴러가던 토혼살이 갑자기 튀어 오르는 것을 목도한, 아니, 직감한 공야무륵은 연속해서 내리찍던 두 손의 도끼를 좌우로 펼치며 순간적으로 상체를 앞으로 숙였다.

어느 정도의 내공을 발휘한 것인지는 몰라도 그의 전신을 감싼 공기가 아지랑이처럼 일렁거리는 그 순간에 무지막지한 기세가 그의 등에서 쏘아져 나갔다.

피우웅─!

공야무륵이 거북이 등딱지처럼 늘 등에 매달고 다니는 대월(大鉞)이었다.

바로 사라철목 자루에 날을 세우지 않는 혈인부가 그의 몸을 축으로 마치 거대한 쇠뇌처럼 발사된 것이다.

"이익!"

토혼살은 사력을 다해서 지상을 박차고 날아오르면서 절륜한 고수답게 자신을 덮치는 무지막지한 압력을 느끼고 본능적으로 방어에 나섰다.

일시지간 자신의 독문절기인 흑뢰기의 기운을 두 손에 응집해서 쇄도하는 압력을 쳐 낸 것이다.

그게 무엇인지는 모르겠으나, 막아 내도 좋고, 막아 내지 못해도 상관없다고 생각했다.

충돌의 여파를 이용하면 그는 보다 더 빨리 상대의 공세를 벗어날 수 있을 터였다.

그러나 그의 계산이 틀렸다.

전력을 다한 그의 흑뢰기는 어이없게도 공야무륵의 등을 타고 발사된 대월, 혈인부를 쳐 내기는커녕 제대로 막아 내지도 못했다.

꽈꽝—!

우레와 같은 폭음이 터지며 조각난 경기가 사방으로 비산했다.

앞으로 길게 뻗어진 토혼살의 두 손이 수수깡처럼 박살 나는 모습이 적나라하게 펼쳐졌다.

혈인부에 실린 기세는 그러고도 전혀 꺾이지 않았다.

불행하게도 거침없이 뻗어 나가는 그 혈인부의 동선에 토혼살의 목이 걸려 있었다.

좌악—!

섬뜩한 소음과 붉은 피, 조각난 살점이 허공에 흩날렸다.

혈인부의 뭉툭한 날이 토혼살의 목을 짓뭉개다시피 끊어 버린 결과였다.

그리고 다음 순간, 잔인한 그 광경이 또 하나의 잔인한 상황을 연출했다.

도깨비처럼 갑자기 나타난 외팔이를 상대로 접전을 벌이고 있던 목인살이 그 모습에 놀라서 한눈을 팔았던 것이다.

"이런……!"

목인살은 이내 자신의 실책을 깨달으며 전력을 다해서 뒤로 물러났다.

그러나 이미 늦었다.

자신의 실책을 무마하려는 그의 대처는 더 없이 빠르고 유효적절했지만, 대치하고 있던 상대인 외팔이는 그보다 더 빠르게 그의 실책을 파고들었다.

상대 외팔이의 신형이 어느새 지근거리로 다가왔다.

"헉!"

목인살은 절로 헛바람을 삼키며 다급히 수중의 유성표를 뿌려 냈다.

좌르륵—!

쇠사슬을 꼬리에 매단 유성표가 면전으로 다가선 외팔이의
어깨를 파고들었다.

외팔이가 그걸 무시했다.

그는 자신의 어깨에 박혀 드는 유성표가 마치 남의 일인
것처럼 아무렇지도 않게 수중의 검을 휘둘렀다.

검극은 보이지 않고 달무리를 닮은 섬광만이 그의 눈앞에
서 명멸했다.

"아……!"

목혼살은 서릿발처럼 싸늘한 선뜻함이 목을 휘감는 것을
느끼며 비명 대신 탄성을 흘렸다.

시선으로도 따라갈 수 없었던 검극의 움직임이 진심으로
감탄스러웠다.

그는 물었다.

"……검법의 이름이……?"

상대, 외팔이가 비스듬히 하늘을 가리키고 있던 검극을 내
리며 대답해 주었다.

"월인."

목혼살은 고개를 끄덕이며 과연 달빛을 닮은 멋진 검법이
라고 대답해 주려고 했다.

하지만 그는 고개를 끄덕일 수 없었고, 겨우 벌린 입에서는
말 대신 피가 흘러나왔다.

뒤늦게 붉은 줄이 간 그의 목이 크게 벌어지며 피를 뿜어냈

고, 그의 머리가 정상이라면 도저히 그럴 수 없는 방향으로
꺾어졌다.

그는 이미 죽어 있었다.

"얕았군."

찰나의 순간에 드러난 빈틈을 놓치지 않고 파고들어서 목
혼살의 목을 베어 버린 흑영은 혼잣말로 짧은 아쉬움을 토로
하고는 느긋하게 검을 회수하며 장내를 훑어보았다.

싸움은 아직 끝나지 않은 상태였다.

싸움을 끝낸 공야무륵과 위지건이 지켜보는 가운데, 혈영
과 백영이 장내의 중심에서 서서 숨을 죽인 채 사주를 경계하
고 있었고, 저편 뒤쪽에서는 여기저기 검게 그을린 사도가 색
동옷을 입은 어린 소녀와 격전을 벌이고 있었다.

"화혼살……?"

흑영은 사도와 격전을 벌이는 색동옷의 소녀가 천기칠살
중 화혼살이라는 사실을 대번에 알아보았다.

불타오르듯 이글거리는 그녀의 두 눈빛과 수중의 채찍에
어른거리는 열기가 화혼살의 독문무공이라는 강렬한 양강진
력을 드러내고 있었다.

"대체 어떻게 저런……!"

잠시 화혼살을 눈여겨본 흑영은 절로 혀를 내둘렀다.

비록 서서히 수세에 몰리고 있기는 하나, 자신의 몸보다
몇 배나 더 긴 채찍을 자유자제로 휘두르며 사도와 막상막하

의 격전을 벌이고 있는 것이 놀라웠다.

게다가 더욱 놀라운 것은 그녀의 모습이었다.

대체 얼마나 대단한 주안술을 익혔기에 백수를 내다보는 노파가 저리도 어린 소녀의 모습인 것인지 황당하기 짝이 없었다.

그러나 그럼에도 불구하고 흑영의 관심은 이내 장내의 중심에 서서 사주를 경계하고 있는 혈영과 백영에게 돌려졌다.

혈영과 백영은 잔뜩 긴장한 모습이었다.

백영은 그렇다 쳐도 혈영이 이토록 긴장하는 모습을 드러낸 것은 처음이었다.

상대가, 바로 암중에 도사린 천살과 지살의 무력이 그만큼 예사롭지 않다는 뜻일 것이다.

장내와 조금 떨어진 바위에 올라서서 그들의 움직임을 지켜보는 설무백의 눈빛이 흥미로 가득해서 더욱 그렇게 느껴졌다.

설무백은 이미 고도의 은신술로 장내 어딘가에 웅크리고 있는 천살과 지살의 위치는 물론, 그들의 능력까지도 파악한 것으로 보이는 것이다.

'하지만……?'

흑영은 쉽게 납득할 수 없는 것이 있었다.

백영이 자신과 마찬가지로 암중에 도사린 천살과 지살의 위치를 파악하지 못하고 있는 것은 납득이 갔다.

하지만 혈영도 자신들과 같다는 것은 선뜻 이해하기 어려웠다.

혈영은 그럴 가능성이 거의 없었다.

혈영의 무위와 타고난 감각은 설무백의 곁을 지키는 그들 중에 최고였기 때문이다.

그런데 정말 그런 것 같았다.

칼자루를 잡은 채 일체의 움직임도 없이 가늘게 좁혀진 눈으로 사주를 경계하는 혈영의 모습은 숨은 적의 위치를 파악한 사람의 모습이 아니었다.

설무백에게 천살은 하늘에 숨어 있고 지살은 땅속에 숨어 있다는 말을 들었음에도 불구하고 그는 아직까지도 그들의 위치를 찾아내지 못하고 있었다.

'주군은 그게 흥미로운 모양이군.'

아마도 그럴 것이다. 아니, 분명히 그랬다.

천살과 지살이 제아무리 강호 무림에서 손꼽히는 살수라고 해도 언감생심 설무백의 이목을 피할 수 있을 거라고는 절대로 생각할 수 없었다.

그가 아는 설무백은 이미 출신입화지경(出神入火之境)이라는 신화경(神化境)에 오른 절대자였기 때문이다.

설무백은 혈영과 백영의 수련을 흥미롭게 지켜보고 있었다.

흑영은 내심 그렇게 단정하며 한결 홀가분한 마음으로 혈영 등의 대치를 관전하기 시작했다.

혈영은 비록 상대의 위치를 파악하지 못하고 있었으나, 완벽하게 사방을 점하고 있었다.

그래서 여전히 자신들의 위치를 감추고 있는 천살과 지살이 선뜻 움직이지 못하고 있는 것이다.

조금이라도 움직이는 순간, 쇄도하는 혈영의 칼날을 받아내야 하기 때문이다.

'혈영의 승리다! 천살과 지살은 혈영의 반격을 감당할 자신이 없어서 움직이지 못하는 거다!'

흑영이 그런 판단을 내리며 그들의 대치가 길어질 수도 있겠다고 생각할 때였다.

설무백도 그와 같은 생각을 한 것 같았다.

다만 그는 흑영과 달리 그대로 있지 않고 화를 냈다.

"아무리 살수라지만 동료의 죽음조차 등한시한 채 끝까지 자신의 표적을 노리다니, 참으로 한심하기 짝이 없는 놈이구나! 혹시나 해서 지켜보았다만, 아무래도 영 쓸모가 없겠다!"

분노에 찬 설무백의 일침과 동시에 각기 어둠이 드리워지기 시작한 하늘 어디선가에서 백색의 그림자가 떨어져 내리고, 설무백의 지근거리인 땅거죽이 뒤집어지며 검은 그림자가 솟구쳐 올랐다.

천살과 지살이었다.

기다리던 기회를 잡았거나 빈틈을 보고 나선 것이 아니었다. 설무백의 호통에 발끈해서 나선 것도 아니었다.

　궁지에 몰린 쥐가 고양이를 문다는 격으로 더는 참을 수 없는 압력에 지친 나머지 설무백의 일갈을 빌미로 뛰쳐나온 것이었다.

　그들 두 사람이 동시에 설무백을 노린 것은 단순히 소리에 반응한 것이고 말이다.

　"놈!"

　혈영과 백영이 즉각 반응했다.

　찰나지간에 움직인 혈영의 칼날이 천살을 뒷덜미를 노리고, 백영의 검극이 지살의 뒷등을 훑어갔다.

　백영은 단지 먼저 반응한 혈영의 뒤를 따른 것에 불과했으나, 그 속도는 거의 비등하게 빨랐다.

　그러나 그들의 도검이 닿기도 전에 둔탁하면서도 메마른 타격음이 천살과 지살의 가슴에 작렬했다.

　설무백이 내민 두 손에서 발사된 검붉은 기운, 천기혼원공을 기반으로 강화된 구철마수의 장력이었다.

　빡-!

　천살과 지살은 그대로 고꾸라졌다.

　나가떨어지지 않고 앞으로 고꾸라졌다는 사실이 무섭게 쇄도하던 그들의 힘을 대변하고 있었다.

　하지만 그렇다고 달라질 것은 없었다.

　"으으……!"

속절없이 고꾸라진 그들은 몸과 마음이 모두 극도의 충격에 빠져서 혼미해진 상태였다.

정확히 말하면 육체의 고통은 아무것도 아니었다.

정신적인 충격이 그들을 한없이 무력하게 나락으로 떠밀고 있었다.

그들은 가벼운 손짓 한 번으로 자신들을 이처럼 가볍게 무너트릴 수 있는 사람이 세상에 존재할 것이라고는 정말 조금도 생각해 본 적이 없었다.

설무백은 냉정하게 그들을 외면했다.

그리고 순간적으로 공격을 멈춘 채 바라만 보고 있던 혈영과 백영을 향해 말했다.

"뭐 해? 어서 처리해 버리지 않고?"

이에 혈영과 백영이 추호도 주저하지 않고 수중의 도검을 높이 쳐들며 그들에게 다가섰다.

그때였다.

"자, 잠깐!"

비명처럼 뾰족한 외마디 고함과 함께 바람처럼 날아온 인영 하나가 설무백 앞에 엎드렸다.

사도와 싸우던 화혼살이었다.

"살려 주시게! 이 아이들은 우리와는 다른 아이들이네! 그대가 바라는 일이라면 그게 무엇이든 목숨을 바쳐서 다할 테니, 부디 이 아이들만큼은……!"

화혼살은 작은 체구를 웅크리며 연신 둔탁한 소리가 나도록 바닥에 이마를 찧었다.

그녀의 이마는 대번에 피로 범벅되었다.

마두魔頭 (2)

화혼살의 전신은 피투성이였다.

땅바닥에 찧은 이마가 깨져서 흘린 피 때문이 아니었다.

사도와의 격전으로 인한 상처가 그녀의 전신을 그렇게 엉망으로 만들어 놓았다.

특히 그녀의 등은 핏물로 흥건했다.

등판을 사선으로 가로지른 칼자국이 원인이었다.

설무백은 그 이유를 알고 있었다.

천살과 지살이 나가떨어지는 것을 본 그녀가 앞뒤 안 가리고 돌아서는 바람에 사도의 공격이 그대로 적중해 버린 것이었다.

그나마 상황을 인지한 사도가 반사적으로 검극의 방향을

틀어서 다행이었다.

그렇지 않았다면 그녀의 몸은 생선토막처럼 여지없이 반으로 갈라졌을 터였다.

침묵한 채 잠시 그런 그녀를 응시하던 설무백은 슬며시 미간을 찌푸렸다.

대체 무엇이 이 여자를 이토록 간절하게 하는 것일까?

단순한 동료애로 치부하기에는 너무 지나치지 않은가 말이다.

그는 슬쩍 시선을 들어서 혈영과 백영을 바라보았다.

혈영과 백영은 돌발적인 상황에 반응해서 바닥에 엎어진 천살과 지살의 뒷목에 도검을 겨눈 상태로 정지해 있었다.

"데리고 와 봐."

혈영과 백영이 도검을 회수하며 천살과 지살의 뒷목을 잡고 끌고 와서 설무백의 면전에 내려놓았다.

설무백은 그들을 뒤집어 놓고 얼굴을 살폈다. 이내 눈빛이 변한 그는 두 손을 내밀어서 그들의 얼굴을 잡았다.

천살과 지살이 혼미한 정신 속에서도 본능처럼 고개를 뒤로 젖혀서 그의 손길을 피했다.

설무백은 싸늘하게 물었다.

"그냥 죽고 싶나?"

천살과 지살이 그대로 얼어붙었다.

천박할 정도로 직접적인 설무백의 위협에는 그 정도로 막강한 위압감이 담겨 있었다.

설무백은 더 묻지 않고 슬쩍 두 손을 내밀어서 그들의 얼굴을 잡아 뜯었다.

역시나 그의 예상대로 그들의 얼굴은 진짜가 아니었다.

두 사람 다 정교한 인피면구를 쓰고 있었고, 그 안에서 드러난 것은 팽팽한 피부를 가진 젊은 사내의 얼굴이었다.

과연 화혼살의 말은 거짓이 아니었다.

설무백은 천살과 지살의 가짜 얼굴인 인피면구를 화혼살의 면전에 내려놓으며 말했다.

"설명이 필요할 것 같군."

화혼살이 고개를 쳐들고 설무백을 바라보며 잠시 뜸을 들이다가 말문을 열었다.

"그간 우리는 은퇴하길 바랐으나, 사혼은 우리의 은퇴를 허락하지 않았네. 그래서 천살과 지살이 죽었고, 저 아이들이 그들의 자리를 대신하고 있지. 그 아이들은 우리 천기칠살의 공동전인일세."

설무백은 절로 오만상을 찡그렸다.

화혼살의 말은 도무지 두서가 없어서 당최 무슨 뜻인지 갈피를 잡을 수가 없었다.

그때 화혼살이 그런 그의 생각을 읽은 듯 곧바로 설명을 추가했다.

우선 그녀는 천살과 지살이 죽은 것이 당연하게도 사혼의

짓이라고 밝혔다.

은퇴를 선언하고 떠난 그들, 천기칠살을 마정의 정예들을 대동하고 나타난 사혼이 급습했고. 그 자리에서 천살과 지살이 죽었다고 했다.

어쩐 일로 순순히 보내 준다 했더니, 마정의 피해를 최소화하기 위한 사혼의 계획이었다.

마정의 내부에 천기칠살을 따르는 자들이 적지 않음을 알고서 그들과 천기칠살을 떼어 놓으려는 술책을 쓴 것이다.

화혼살 등 천기칠살의 나머지 다섯은 그날 이후 다시금 마정의 살수로서 사혼의 명령을 충실히 따랐다.

흔히 말하는 힘없는 자의 비애가 아니었다.

기실 그들은 겉으로만 그랬을 뿐, 속으로는 전혀 다른 마음을 품고 있었다.

소리장도(笑裏藏刀), 웃음 속에 칼을 숨긴다는 식으로, 복수를 다짐한 것이다. 그리고 그 시작은 천살과 지살의 후예로 키우라고 사혼이 데려다준 두 아이를 회유해서 자신들의 공동 전인으로 삼는 것이었다.

바로 사혼을 죽이기 위해서 말이다.

사혼을 상대하기에는 그들의 힘만으로는 역부족임을 절감했기에 내린 결론이었다.

"……그랬는데, 사혼 그 인간이 이번에 난데없이 우리에게 제안했네. 이번 청부를 성공하면 은퇴해도 좋다고……."

화혼살의 설명은 점점 더 어눌한 목소리로 늘어지고 있었다. 죽어 가고 있는 것이었다.

설무백은 진즉부터 그것을 알고 있었으나, 그녀의 말을 막을 수 없었다.

그녀의 눈빛 때문이었다.

그를 바라보는 그녀의 눈빛에는 그조차 쉽게 막을 수 없는 단호한 결의가 담겨 있었다.

그녀가 힘겹게 다시 말을 이어 나갔다.

"……아무려나, 사혼 그 인간이 얼마나 음흉한 종자인지 잘 알고 있으니 절대 쉬운 일이 아닐 거라고 생각해야 마땅했는데, 아쉽게도 우리가 너무 자만했어. 쿨럭!"

그녀의 기침과 함께 피가 튀었다.

설무백은 그래도 그녀의 말을 막지 않았다.

그는 이미 그녀의 죽음을 예감하고 있었다.

그녀가 소매로 입가의 핏물을 쓱 문질러 닦으며 계속 말했다.

"……마냥 들떠서는…… 나중에는 그냥 사혼이 마정 내부에 우리를 추종하는 애들이 늘어나는 것을 의식한 나머지 서둘러 내보내려 하는 거라고 편할 대로 생각해 버렸지 뭐야. 호호……!"

그녀는 입가로 피를 흘리면서도 참지 못하겠다는 듯 웃었다.

전신에 선혈이 낭자한 어린 소녀의 모습으로 그리고 있으니 처연하다 못해 애처롭게 보이면서도 어딘지 모르게 섬뜩한 느낌이 들었다.

　그녀는 그런 모습으로 슬며시 웃음기를 지우며 품에서 신분증명서인 호패보다도 작은 나무패 하나를 꺼내 들었다.

　한쪽 면에 대(大)자 양각된 시커먼 빛깔의 나무패였다.

　"대련표국(大聯鏢局)의 물표(物標 : 표국에 물건을 보관하고 대신 받아 두는 신표)일세. 우리도 잔머리가 없지 않아서 그간 우리가 모은 재물과 눈치껏 빼돌린 각종 보물들, 무엇보다도 우리 천기칠사의 모든 무공을 주해(注解)까지 꼼꼼히 달아서 서술해 놓은 무공도보(武功圖譜)를 거기 보관해 두었네."

　그녀는 수중의 물표를 설무백의 발치에 조심스럽게 내려놓으며 간곡히 부탁했다.

　"저 아이들의 목숨 값이네. 자네 눈에는 사람의 목숨을 재물 따위로 평가하는 것이 우습게 보일지 몰라도 평생을 그렇게 살아온 나로서는 이게 최선이자, 최대의 대가이니, 부디 이 늙은이의 간청을 내치지 말고 받아 주시게나."

　거짓으로 들리지 않았다.

　더불어 대련표국이라면 강북을 대표하는 북평의 중원표국과 쌍벽을 이루는 강남제일의 표국이니 맡겨 둔 물건이 소실되거나 찾지 못할 일도 없을 것이다.

　어지간한 사람이라면 그야말로 두 눈이 휘둥그레질 제안이었다.

그러나 설무백은 별다른 감흥이 없었다.

그저 한동안 침묵하고 있다가 간절한 눈빛으로 쳐다보는 화혼살의 면전에 쪼그리고 앉아서 시선을 맞추었다.

그 상태로, 그는 입을 열지 않고 고도의 전음으로 물었다.

─그간의 사정은 잘 들었어. 그럼 이제 진실을 말해 봐. 대체 왜 이렇게까지 저 친구들을 살리고 싶은 거지?

화혼살의 눈동자가 불안하게 흔들렸다.

그녀의 눈빛이 뒤엉킨 실타래처럼 복잡해진 감정을 드러냈다.

그러다가 이윽고 그녀는 대답했다. 역시나 전음이었다.

─전음으로 질문해 준 그대의 배려를 믿고 말해 주겠네. 저 아이들은 우리들의 손자들이라네. 사혼! 사혼 그 빌어먹을 자식이 우리를 속이고 데려다주었지! 혹시나 아이들의 과거가 드러날까 우려해서 그 개 같은 자식이 아, 아이들의 혀까지 뽑아 버린 채로……! 부디 비밀로 해 주길…… 바라……네.

전음의 마지막 여운과 동시에 피를 토한 화혼살의 고개가 앞으로 숙여져서 바닥에 닿았다.

죽음이었다.

설무백은 오만상을 찡그린 채 고개 숙인 그녀의 주검을 한없이 바라보았다.

세상에 사연 없는 삶이 어디에 있으랴만, 자신이 그렇듯 이 여자 또한 참으로 기구한 운명이 아닐 수 없다는 생각이 들어서 그는 쉽게 자리를 뜰 수 없었다.

'그런데 우리들의 손자들이라니⋯⋯?'

본의 아니게 화혼살의 말을 되새기던 설무백은 문득 이상한 점을 발견하고는 절로 고개를 갸웃했다.

우리들이라는 것은 혼자가 아닌 다수를 의미하기에 천살과 지살을 두고 우리들의 손자라고 밝힌 화혼살의 말은 어폐가 있었다.

그러나 설무백은 이내 그에 대한 의구심을 떨쳐 냈다.

죽어 가는 사람이 남긴 말이었다.

죽음을 목전에 두고 혼미해져 가는 정신을 간신히 부여잡은 사람의 말실수를 따지는 것 자체가 어불성설이었다.

설무백은 서둘러 마음을 추스르며 긴 심호흡으로 정신을 가다듬었다. 그리고 앞서 화혼살이 바닥에 내려놓은 물표를 집어 들고 천살과 지살을 바라보았다.

이제 어느 정도 정신을 차린 천살과 지살은 무릎이 꿇려진 채로 앉아서 그를 잡아먹을 듯이 노려보고 있었다.

마혈을 점해 놓은 까닭에 움직일 수는 없을 테지만, 내내 눈빛이 변하며 움찔움찔하면서도 정작 한마디도 뱉어 내지 않는 이유는 바로 그들이 벙어리기 때문이었다.

뒤늦게 그들의 태도를 이해하면서 가슴이 짠해지는 것을 느낀 설무백은 슬쩍 혈영에게 시선을 주었다.

혈영이 예리하게 그 시선에 담긴 뜻을 눈치채고는 기민하게 그들의 몇 군데 요혈을 두드렸다.

마혈를 풀어 준 것이다.

어리둥절한 기색으로 시선을 교환한 천살과 지살이 이내 설무백을 바라보았다.

설무백은 무심하게 그들의 시선을 마주하며 말했다.

"보다시피 너희를 비롯한 천기칠사는 실패했다. 다만 화혼살은 이 물표를 대가로 너희들의 목숨을 요구했고, 나는 그녀의 청을 기꺼이 수용할 생각이다. 단!"

수중의 물표를 흔들어 보이다가 대뜸 말을 끊은 그는 손가락 하나를 쳐들었다.

"한 가지 조건이 있다."

그는 손에 들고 있던 물표를 천살과 지살의 면전으로 던지며 단호한 어조로 말했다.

"이건 내게 필요 없는 물건이니 돌려주마. 너희들이 살 수 있는 방법은 오직 하나뿐이다. 내게 목숨을 바쳐라. 그러면 살 수 있고, 아니면 죽는 거다."

습관처럼 혹은 버릇처럼 결정적인 순간이 도래하면 늘 그렇듯 천박할 정도로 직접적인 위협을 가한 그는 이내 피식 웃으며 한마디 더했다.

"대신 사혼에 대한 복수는 내가 책임져 주지."

어떤 감정의 변화를 겪는지는 모르겠으나, 천살과 지살의 두 눈이 저마다 불꽃처럼 이글이글 타올랐다.

그러다가 이내 누가 먼저랄 것도 없이 동시에 앞으로 엎드리며 그를 직시했다.

그 어떤 말보다 확실한 대답이 그들의 눈빛을 통해서 그에게 전달되었다.

설무백은 기꺼이 웃으며 힘주어 고개를 끄덕였다.

"좋아, 이제 너희들은 우리 식구다."

천살과 지살이 그제야 깊이 고개를 숙였다.

그때.

"저기……!"

고개 숙인 천살과 지살의 뒤쪽, 격전이 벌어졌던 장내의 한쪽 구석에 서 있던 위지건이 머뭇머뭇하다가 소리쳤다.

"……여기 죽지 않고 산 놈이 하나 더 있는데요."

설무백을 비롯한 장내의 모든 시선이 구석진 뒤쪽에 엉거주춤 서 있는 위지건에게 돌려졌다.

위지건이 갑자기 쏠린 시선에 당황한 기색으로 바닥을 내려다보았다.

다들 처음에는 그냥 맨바닥인 줄 알았다.

그런데 아니었다.

마치 고사리처럼 오그라든 사람의 손바닥 두 개가 그 맨바닥에 솟아나 있었다.

잠시 우물쭈물하던 위지건이 그 두 개의 손바닥 사이로 손을 찔러 넣어서 무언가를 움켜잡고 높이 들어 올렸다.

위지건의 손아귀에 잡혀서 텃밭에 심어 놓은 무처럼 쑥 뽑혀 올라온 그 무언가는 바로 금혼살이었다.

"이놈이요."

위지건이 수중의 금혼살을 흔들어 보였다.

함지박만 한 그의 손아귀에 머리가 전체가 잡혀서 힘없이 흔들리는 금혼살은 죽어도 열 번은 더 죽었을 것 같은 몰골이었다.

여기저기 깨지고 터져서 피가 흥건한데다가, 어깨와 가슴, 옆구리 등에 부러진 허연 뼈가 삐쭉삐쭉 날카로운 고개를 내밀고 있어서 처참하기 이를 때 없었다.

하지만 분명 죽지는 않았다.

흙으로 범벅된 상태로 한없이 일그러진 얼굴에서 바들바들 일어나는 경련과 거슴츠레하게 떠진 두 눈가로 드러나서 불안하게 흔들리는 눈동자가 그가 아직 죽지 않고 살아 있음을 드러내고 있었다.

"재, 재수도 없지⋯⋯!"

이윽고, 힘없이 비틀어진 금혼살의 입에서 힘겹게 흘러나온 한마디였다.

마두魔頭 (3)

"정말 여전하시네요. 이젠 저도 아주 기대가 됩니다. 이번엔 과연 어떤 걸 주워 올까…… 아니, 데려오실까 하고요."

제갈명은 몇 달만에 돌아온 설무백을 보고도 늘 그렇듯 반가운 인사 대신 퉁명스러운 투덜거림이 먼저였다.

설무백은 대수롭지 않게 무시해 버렸다.

반골기질이 다분한 제갈명의 성정을 익히 잘 아는 까닭에 애초부터 살가운 태도는 기대하지도 않았다.

화를 낼 수 있는 상황도 아니었다.

사전에 어떤 연락을 취하지 않고 갑작스럽게 돌아왔음에도 불구하고 기다렸다는 듯 풍잔의 요인들과 함께 난주의 성문 밖까지 마중 나온 사람에게 어찌 화를 낼 수 있을 것인가.

게다가 흥분한 오리 떼처럼 부산스럽게 우르르 몰려나온 것이 아니라 예충과 풍사, 그리고 사문지현만을 대동했다는 것이 더욱 마음에 들었다.

이건 대처할 시간이 충분했을 정도로 난주로 들어서는 그를 사전에 포착했다는 의미이며, 풍잔의 체계가 전에 비할 바 없이 완벽하게 돌아가고 있다는 뜻이었다.

물론 불청객 하나가 도둑고양이처럼 남몰래 따라붙기는 했지만 말이다.

요미였다.

설무백은 그런 내색을 삼간 채로 제갈명을 외면하며 예충과 풍사, 사문지현과 인사를 나누었다.

"별일 없죠?"

"뭐, 대충 그렇지요."

"별일 있을 게 없지요."

사문지현이 사내들의 투박한 인사가 우습다는 듯 실소하며 손을 내젓는 사이, 천살과 지살, 금혼살을 유심히 훑어보던 제갈명이 오만상을 찡그리며 불쑥 말했다.

"애들은 그러려니 하겠는데, 얘는 또 뭡니까?"

금혼살을 두고 하는 말이었고, 누구라도 충분히 이해할 수 있는 반응이었다.

위지건과의 격돌로 죽다 살아난 금혼살은 타고난 신력과 금강벽이라는 탁월한 외문기공으로 빠른 회복세를 보이며 자기 발로 걷고 있기는 했으나, 여전히 길게 자른 천으로 전신을 친친 동여맨 채 눈만 빠끔 내놓고 있어서 마치 움직이는 목내이(木乃伊)와 같은 몰골이었다.

설무백은 설명하자면 얘기가 길어질 것 같아서 이번에도 그냥 무시해 버리고 하고자 한 말을 했다.

"지금 여기 주변에서 우리를 지켜보는 사람이 있는데, 누구인지 아는 사람?"

모두에게 던지는 질문이었다. 그리고 그는 은연중에 그 모두의 기색을 살폈다.

예충과 풍사, 사문지현은 비록 답하진 않았지만, 이미 알고 있는 눈치였다.

공야무륵과 혈영, 사도도 이미 간파한 기색이었다.

다만 느긋한 공야무륵이나 혈영과는 달리 진즉부터 고슴도치처럼 도사리고 있는 사도의 태도가 그들의 차이를 말해 주고 있었다.

공야무륵과 혈영은 암중의 누군가가 요미라는 것까지 알아차렸으나, 사도는 미처 그것까지는 간파하지 못한 것이었다.

이는 사도가 공야무륵과 혈영에 비해 한 수 아래라는 방증이었는데, 그래도 위지건이나 흑영, 백영에 비할 바는 아니었다.

위지건은 대놓고 두 눈을 끔뻑이는 것으로 아무것도 모르겠다는 듯 천진난만함을 드러내고 있었다.

암중의 흑영과 백영은 설무백의 말을 듣고 나서야 눈치를 챈 듯 긴장한 기색을 드러냈지만, 여전히 어디에 누가 있는지는 파악하지 못한 채 주변을 경계했다.

적어도 전신의 감각을 활용하는 측면에서 그들은 아직 공야무륵 등에 비해서 한참 부족했다.

설무백은 찰나지간에 그와 같은 주변의 모든 반응과 변화를 보고 느끼며 슬며시 사문지현에게 시선을 고정했다.

다른 누구보다도 그녀의 반응이 놀라웠기 때문이다.

물론 혼자 따로 놀고 있는 제갈명은 차치하고, 아직 내외상이 다 낫지 않은 천살과 지살, 금혼살이 무언가 눈치챈 듯 기색을 드러낸 것도 이채롭긴 했다.

하지만 그들은 논외였다.

애초에 감각을 우선시하는 살수들인, 그것도 무리에서 손꼽히는 살수들인 그들과 사문지현을 비교할 수는 없었다.

'어느새 석년의 금마교인 사문도가 이룬 경지를 능가한 건가?'

조부인 금마교인 사문도의 진전을 고스란히 물려받은 그녀의 능력이 전에 비할 수 없이 비약했다는 사실은 그도 익히 잘 알고 있었다.

직접 손 속을 겨뤄 보질 않았나.

그런데 지금의 그녀는 그때의 그녀와 또 달랐다.

지금의 그녀는 족히 예충이나 풍사와 어깨를 나란히 할 정도의 고수로 성정해 있었다.

사별삼일이면 관목상대라더니, 참으로 무지막지한 진보가 아닐 수 없었다.

'그런데……?'

설무백은 내심 흐뭇한 마음으로 그런 생각을 하다가 문득 정신을 차리며 의아한 표정으로 변해서 장내를 둘러보았다.

여전히 그의 질문에 대답하는 사람이 없는 것이었다.

다들 알게 모르게 다른 사람들의 눈치를 보느라 침묵하고 있는 모습이었다.

'뭐지?'

묘했다.

정확히 말하면 상당히 절제된 분위기였다.

종종 자유스러운 분위기가 도를 넘어서 방종(放縱)으로 느껴질 경우까지 있던 이전과 달리 무언가 단단한 규칙과 규율에 묶여 있는 것 같은 모습인 것이다.

'그새 환노와 천노가 엄청 쪼였나 보군. 물론 검노도 크게 한몫 했을 테고……!'

아마도 그럴 것이다.

정작 자신들은 쌍괴라는 별호를 얻을 정도로 천하의 그 누구보다 자유분방하게 살았으면서도, 설무백과 관계된 일에 대해서는 완고한 시어머니보다도 더 고지식하게 융통성을 배제하는 사람들이 바로 그들, 환사와 천월이었다.

평생을 단호한 무당의 규범 속에 산 검노도, 바로 무당마검 적현자 역시 두 말할 나위가 없고 말이다.

'아무리 그래도 이건 좀……!'

설무백은 절로 미간을 찌푸리며 입맛을 다셨다.

생경해서 어색하긴 하지만, 그렇다고 아주 나쁘게 느껴지지는 않아서 정말이지 필설로도 형용할 수 없을 만큼 묘한 기분이었다.

예충이 그와 같은 설무백의 기색을 보고 무언가 오해한 것 같았다.

그는 전에 없이 멋쩍은 미소를 흘리며 암중의 요미를 변호했다.

"그간의 성과를 주군께 자랑하고 싶었나 봅니다. 크게 거슬리지 않으신다면 그냥 귀엽게 봐주시지요."

설무백은 웃지도 울지도 못하겠다는 듯, 하지만 결국 화를 내는 것이 아니라 타이르는 어조로 말했다.

"왜 이리 다들 경직된 거야? 유연성 하나 없이 그저 엄격하기만 한 것은 내가 가장 경멸하는 사고방식이잖아. 설마 아직도 그걸 몰랐던 거야?"

아버지와 어머니처럼 조이는 사람이 있으면 풀어 주는 사람도 있어야 한다.

당근과 채찍이라는 식의 회유와 위협을 말하는 것이 아니다. 그 이상의 감정 교류를 말하는 것이다.

사람과 사람의 관계는 이치와 논리를 따지는 이성과 꿈과 이상을 앞세우는 감성이 어울려서 조화를 이루어야 비로소 완전해지기 때문이다.

　이건 계산이 아니었다.

　설무백이 타고난 본능이었다.

　그런 면에서 볼 때, 제갈명은 그와 같은 설무백의 인간관계에 있어 마치 독하면서도 뒤끝이 없는 술처럼 없어서는 안 될 윤활유 같은 존재였다.

　그 어떤 분위기와 상관없이 자신의 생각대로 말하고 행동하는 성격을 가지고 있기에 그랬다.

　그리고 절묘하게도 장내의 모두가 설무백의 말을 듣고 우물쭈물 하는 이때, 그와 같은 그의 기질이 발휘되었다.

　"아, 진짜 너무하시네!"

　대뜸 울컥하고 나선 제갈명이 당장이라도 울 것 같은 표정으로 재우쳐 하소연했다.

　"저 지금 누구하고 얘기하는 겁니까? 분명히 내가 먼저 물었는데, 왜 무시해요? 왜 나만 따돌리냐고요!"

　설무백은 슬쩍 손을 내밀어서 제갈명의 어깨를 가볍게 부여잡았다.

　한순간 어색해진 분위기를 일거에 환기시켜 준 제갈명의 태도가 전에 없이 마음에 들어서였는데, 그렇다고 딱히 해 줄 말은 떠오르지 않았다.

그는 어쩔 수 없이 그냥 제갈명의 어깨를 놓고 돌아서서 발길을 재촉하며 에둘러 말했다.

"쓸 만한 애들이니 네가 알아서 적당한 자리를 마련해 줘. 그런 건 너밖에 할 수 없는 일이니까."

제갈명의 울상이 슬며시 계면쩍은 표정으로 변화했다.

억울한 심정이 풀어진 기색이었다.

타고난 반골 기질에 더해서 열여덟 처녀보다도 더 복잡한 감정의 소유자라 툭하면 울컥하고, 툭하면 삐지기도 잘하지만, 다른 누구보다도 칭찬에 약한 사람이 또한 제갈명이었다.

아니나 다를까, 울상이던 제갈명의 얼굴이 대번에 풀어졌다.

그의 입가에는 어쩔 수 없는 미소까지 감돌았다.

"……뭐 그 정도까지는 아니지만…… 험험."

돌변한 감정의 계면쩍음을 은근한 헛기침으로 무마한 제갈명이 서둘러 설무백의 뒤를 따라붙으며 말했다.

"알겠습니다. 대신 저 친구들은 무일에게 맡기도록 하겠습니다. 무일이 그 녀석은 각자가 지닌 능력에 따라 자리를 배분하는 일에 아주 탁월한 재능을 가졌더라고요. 덕분에 요즘 제가 아주 편해졌지요. 그리고 그간 주변의 사정이 바뀌어서…… 중략…… 그들의 경우는…… 중략…… 에, 또……."

제갈명의 입에서 언제 끝날지도 모르는 이야기가 끊임없이 이어져 나왔다.

나름 분하고 억울하던 마음이 풀어지기 무섭게 본래의 모습인 떠버리로 돌아가 버린 것이다.

다만 기분이 풀어진 제갈명과 달리 상대적으로 기분이 상한 사람도 있었다.

천살과 지살의 곁에서 묵묵히 그들의 뒤를 따르는 금혼살이 그랬다.

'쓸 만한 애……? 내가, 천하의 이 금혼살을 두고 고작 쓸 만한 애라고?'

금혼살은 지그시 어금니를 깨물며 애써 치솟는 분노를 삭였다.

아직은 분노를 드러낼 때가 아니었다.

인정하긴 싫지만 인정할 수밖에 없는 것이 이놈들은 강했다.

특히 설무백이라는 저 어린놈의 능력은 무려 삼십여 번의 특급 살수행을 완수한 그로서도 도무지 가늠할 수가 없었다.

'사혼과 버금과는 경지!'

대외적으로 알려진 마정의 주인, 사혼의 능력은 빙산의 일각에 불과했다.

직접 만나 본 적이 없어서 단정할 수는 없으나, 설령 천하 십대 고수라도 쉽게 승부를 장담할 수 없는 절대 고수가 바로 사혼이라는 것이 그가 가진, 아니, 그를 비롯한 마정의 모든 살수들이 가진 생각이었다.

그런데 참으로 어이없고 황당하게도 설무백이라는 이 어린 놈의 능력이 그런 사혼과 비등한 느낌이 들었다.

두려운 일이었다.

도대체 이런 괴물이 그동안 어디에 있다가 이제야 갑자기 나타난 것인지 참으로 모를 일이라 더욱 그랬다.

'하지만!'

두려운 것은 두려운 것이고 복수는 복수였다.

금혼살은 그동안 사혼을 두고 그랬던 것처럼 이놈에 대한 복수도 포기할 생각이 전혀 없었다.

포기는 배추를 셀 때나 쓰는 단어일 뿐, 그와는 아무런 상관이 없었다.

그러니 제아무리 무시와 멸시를 당해도 참고 또 참아 내며 기다려야 했다.

약자가 강자를 이기려면 빈틈을 노려야 하고, 빈틈을 찾아내는 최고의 수단은 그와 같은 인내밖에 없었다.

하물며 지금의 그의 곁에는 천살과 지살이 있었다.

천살과 지살이 그를 비롯한 천기칠살의 모든 무공을 대성한다면 설무백이라는 어린놈은 물론이거니와 마정의 사혼을 상대하는 것도 꿈이 아니라는 게 그의 희망이었다.

'천살과 지살이 항복한 것도 분명 나와 같은 생각을 했기 때문일 거다! 틀림없어! 분명히 그럴 거야!'

내심 굳게 다짐하며 설무백 등을 뒤따르던 금혼살은 문득 자신의 생각이 현실을 반영한 것이 아니라 그저 막연한 바람과 같다는 기분이 들었으나, 대수롭지 않게 무시해 버렸다.

누가 뭐래도 그는 일단 한번 마음을 정하면 절대로 쉽게 바꾸지 않는 외골수였다.

그러나 세상의 모든 일은 사람의 뜻대로 돌아가는 게 드물었고, 금혼살도 그 범주를 크게 벗어나지 않았다.

어느 한순간부터 분명하게 이를 악물고 작심한 그의 태도에 서서히 균열이 가기 시작했다.

도무지 예측할 수 없이 혹은 상상하기 어려운 방향으로 돌아가는 주변의 환경이 그를 그렇게 만들었다.

그 시작은 끝날 것 같지 않게 이어진 제갈명의 보고가 저 앞에 있는 성문을 앞두고 잠시 끊어진 순간에 있던 설무백의 행동이었다.

"넌 언제까지 그렇게 인사도 없이 숨어서 졸졸 따라올 거야?"

순간!

"헤헤……!"

어디선가 개구쟁이의 그것과 같은 웃음소리가 들려오다 아무런 사전 징후도 없이 설무백의 한쪽 어깨로 갑자기 거뭇거뭇한 기운이 서리더니, 이내 작은 체구의 미소녀로 변했다.

암중의 공간에 숨어서 따라오던 요미가 그야말로 유령처럼 모습들 드러낸 것이었다.

'뭐, 뭐지 이건?'

금혼살은 경악했다.

얼굴 전체를 친친 감은 천 사이로 빠끔히 드러난 그의 두 눈이 당장에 튀어나올 것처럼 크게 부릅떠졌다.

조금 전 설무백의 얘기를 들었을 때, 누군가 암중에 있다는 느낌을 받았고, 그로 인해 설무백의 존재가 더욱 두렵게 다가왔었다.

하지만 자신의 몸 상태가 정상이 아니었기에 애써 그러려니 하고 넘겼다.

정상이었다면 얼마든지 암중의 존재를 찾아낼 수 있었을 것이라고 치부해 버린 것이었다.

그런데 이제 보니 그게 아니었다.

금혼살은 전신사가의 절대사공인 사천미령제신술을 처음 대해 보고, 그래서 이게 어떤 종류의 은신술인지 전혀 감을 잡을 수가 없었다.

하지만 한 가지만큼은 본능적으로 느낄 수 있었다.

지금 이건 설령 자신의 몸 상태가 온전했어도 절대 간파할 수 없는 극고의 신공이었다.

'고작 어린 계집이……!'

금혼살은 오싹해진 기분에 절로 몸서리쳤다.

이건 그야말로 새로운 괴물의 등장이었다.

한편 그런 그의 생각과는 무관하게 설무백이 자신의 어깨에 앉은 새로운 괴물의 볼을 쥐고 흔들며 말했다.

"너 매번 이렇게 멋대로 굴래? 앞으로 또 이러면 국물도 없을 줄 알아!"

요미는 볼을 잡혀서 얼굴이 일그러진 만두처럼 변했으면서도 무엇이 그리 좋은지 히죽히죽 웃었다.

"괜찮아. 이제 조금만 더 수련하면 오빠도 내가 어디에 숨었는지 찾기 어려울 거라고 할배들이 그랬으니까. 히히……!"

금혼살은 절로 떡 벌어진 입을 다물지 못하며 설무백과 요미를 바라보았다.

'정말 이것들은 대체 뭐지?'

이제 두려움에 앞서 쉽게 이해할 수 없는 의혹의 감정이 금혼살의 사고를 장악했다.

하지만 너무나도 특출한 요미의 능력에 시선을 빼앗긴 나머지 정작 중요한 다른 것을 보지 못한 것이 그가 빠진 함정이라면 함정이었다.

떠버리 제갈명과 언제나처럼 있는 듯 없는 듯 조신한 태도인 사문지현은 그렇다 쳐도, 가벼운 인사를 끝으로 그저 묵묵히 설무백의 곁을 따르고 있는 예충과 풍사에 대해서 전혀 관심을 두지 않은 것이다.

전에 없던 충격의 여파로 매우 좁아진 금혼살의 시야가 넓어진 것은 나름 일말의 내색도 삼간 채 설무백 등을 따라서 난주의 성내로 들어선 다음이었다.

세월이 약이라는 말처럼 어느 정도 시간이 지나자 차츰 심적으로 한결 여유가 생겨서 주변을 돌아볼 수 있게 되었다.

다만 그런 그의 시야에 들어온 것은 예충이나 풍사가 아니라 성내의 모습이었다.

보다 정확히는 성내에 들어와서 그들과 바로 설무백 등을 마주친 사람들의 반응이었다.

거리는 아직 굴뚝에 연기가 피어나지 않는 초저녁임에도 매우 부산했다.

난주의 동문을 통해 들어와서 길을 벗어나지 않고 대로로만 이동해 그런 것인지 오가는 행인들도 많았고, 주변의 다원과 주점들은 손님으로 북적거렸다.

그런데도 설무백 등은 적지 않은 인원임에도 오가는 행인들과 어깨 한 번 부딪치지 않고 마치 한적한 거리를 걷듯 매우 편하게 걸어가고 있었다.

그들의 앞을 모든 행인들이 물살이 갈라지듯 비켜섰기 때문이다.

묘하게도 그다지 튀지 않는 행색인 그들을 거리의 모든 사람들이 주시하고 있었다.

개중에는 종종 그들이 앞을 지나가기 전까지 깊숙이 고개를 숙인 채 서 있는 사람들도 적지 않았다.

그렇다고 사람들이 그들을 두려워해서 그러는 것처럼 보이지는 않았다.

그런 사람이 아주 없지는 않았으나, 거의 대부분은 그저 반기는 기색이었고, 더러는 존경과 앙모의 시선이었다.

마치 난주의 성내가 주인의 귀가를 맞이하는 집안처럼 보였는데, 그중에는 어디선가 허겁지겁 달려와서 그들을 맞이하고 조용히 뒤를 따르는 자들도 있었다.

이칠과 양의라는 중년의 사내들이었다.

하지만 압권은 육방에서 고기를 썰다가 말고 뛰어나와서 그들에게 합류한 사내였다.

마침내 대로를 벗어나서 한층 더 사람들로 복작거리는 저잣거리로 들어섰을 때의 일이었다.

주인인지 점원인지는 모르겠으나, 풍점이라는 육방에서 고기를 썰고 있던 사내 하나가 부리나케 뛰어나와서 그들을, 정확히는 설무백을 맞이하며 자연스럽게 합류했다.

'제연청이라고 했던가?'

가뜩이나 머리가 복잡하던 금혼살은 제연청을 보고 나서 한층 더 혼란스러워졌다.

나른한 눈빛에 허름한 행색인 제연청이라는 사내에게서는 그가 가늠하기 어려운 고수의 풍모가 느껴졌다.

앞서 합류한 이칠과 양의라는 사내들도 상당한 수련을 거친 고수가 분명했으나, 이 사내, 제연청은 그들과 비교할 수 없을 정도로 윗길에 올라선 고수임을 그는 첫눈에 알아볼 수 있었다.

그는 그 정도는 능히 알아볼 수 있는 고수였고, 그래서 더욱 어이없고 황당했다.

대체 이게 무슨 황당무계한 일이란 말인가?

길거리에서 마주친 누군가가 혹은 장사를 하다가 말고 뛰쳐나온 누군가가 더 없이 정중히 인사를 하며 당연하다는 듯 자연스럽게 합류해서 같은 길을 가고 있는 것도 흔한 일이 아니었다.

그런데 그렇게 합류한 사람들이 하나같이 상당한 수준의 무공을 익힌 자들이거나, 그로서도 쉽게 가늠할 수 없을 만큼 높은 경지에 달한 고수였다.

'꿈도 아니고 대체 이게 무슨 상황이지?'

그러나 오늘 금혼살이 겪어야 하는 꿈같은 현실은 아직 다 끝나지 않았다.

아니, 이제 시작되었다.

이윽고 도착한 풍잔에서 그는 그것을 절실하다 못해 뼈저리게 실감할 수 있었다.

물론 그 전에 그로서는 이해하기 어려워서 지루하기 짝이 없는 제갈명의 설명을 계속해서 들어야 했지만 말이다.

"이제 난주 사람들은 우리 풍잔이 자리한 이쪽 저잣거리를 풍잔로(風棧路)라 부르고, 풍잔의 후원으로 이어진, 물론 예전의 후원 말고 지금의 후원에서 이어진 예전의 구지가(九支街)

를 풍잔구가(風棧九街)라고 부릅니다."

"풍잔구가?"

"풍잔이 소유한 아홉 개의 골목이라는 뜻입니다. 전에 제가 말씀드렸다시피 아홉 개의 골목으로 이루어진 이쪽 지역의 땅을 우리가 거의 다 매입해서 새롭게 꾸미고 있거든요."

"우리가 아니라 네 생각이지. 네가 박박 우긴 거잖아."

"제 생각이 우리 생각인 거죠. 그리고 박박 우기거나 말거나 주군께서도 싫었으면 절대 승낙하지 않았을 거잖아요."

"……"

"우헤헤, 할 말 없죠?"

"너 그러다 또 공야무륵에게 맞는다."

"그러니까, 제 말인 즉, 만(卍) 자형을 이루는 우리 풍잔의 내부 지형의 동쪽 끝에 아홉 개의 고리가 매달리게 되는 거다 이겁니다. 멋지지 않습니까?"

"고작 멋을 내려고 그 많은 돈을 퍼부은 것은 아니겠지?"

"물론 아니죠. 멋도 있지만 실용적이기도 합니다. 예하로 들어오는 애들을 그쪽에 배치할 예정이거든요. 조만간 마무리가 되면 우선적으로 백사방과 대도회를 풍잔의 일개 대(隊)로 편입해서 그쪽에 주둔시킬 예정입니다."

강북의 밤은 강남의 밤보다 한 시진 빨리 와서 한 시진 늦게 간다는 말이 있다.

강북은 강남보다 그처럼 밤이 길다는 뜻인데, 그런 강북의

긴 밤이 시작되고 있었다.

해가 서산으로 기우는 순간부터 날이 빠르게 어두워지고, 거리에 내걸린 등불의 불이 빛나기 시작하는 초저녁의 저잣거리였다.

저잣거리의 구석에 자리한 그들의 목적지인 풍잔은 이미 사방에 등불을 휘황하게 밝혀 놓고 있었다.

금혼살이 제갈명의 설명을 귓가로 흘려들으며 그처럼 대낮같이 등불을 밝혀 놓은 풍잔의 영내를 가로질러 후원 쪽이라는 동편으로 어느 정도 접어들었을 때였다.

거대하게 길쭉한 장방형의 석조 건물 세 개가 경(ㄷ) 자형으로 삼면을 가로막고, 촘촘하게 깔아 놓은 푸른 벽돌로 바닥을 삼은 드넓은 공간이 나타났다.

입구에 풍무장이라는 거대한 편액이 걸린 공간이었는데, 연무장으로 보였다.

금혼살은 새삼 입이 떡 벌어졌다.

기실 정문을 통해서 들어선 풍잔의 모습은 어디서나 흔히 볼 수 있는 객잔의 모습이었으나, 진짜는 뒤쪽에 자리하고 있었다.

풍잔의 내부로 들어가 벽처럼 전면을 막고 있는 전각의 뒤로 들어서자 완전히 딴판인 세상이 펼쳐졌다.

드넓은 공간에 줄지어 늘어선 전각군의 규모는 강호 무림의 그 어떤 거대방파와 비교해도 절대 꿀림이 없었고, 요소

요소마다 있을 건 있고 없을 건 없다는 식으로 단백하면서도 세밀하게 꾸며진 주변의 조경은 그동안 그가 목도한 그 어떤 지역의 환경과 비교해도 단연 으뜸이었다.

거기다 거대한 건물로 삼면을 가로막아서 탁 트인 전방의 풍경을 더욱 도드라지게 만든 풍무장의 모습은 그야말로 고대 신전처럼 너무나도 압도적이라 금혼살로서는 절로 입이 벌어질 수밖에 없었다.

그러나 그것도 잠시, 절로 주눅이 들어서 의기소침해 버린 그는 이내 긴장으로 굳어졌다.

건물의 외관에 정신이 팔려서 그는 뒤늦게 알았다.

풍무장에는 자유분방한 모습으로 서성대는 이십여 명의 남녀노소들과 자로 잰 듯 정확히 오와 열을 맞춘 백여 명의 사내들이 도열해 있었다.

아마도 풍잔의 요인들과 정예무사들인 것 같았는데, 족히 수만의 인원이 들어와도 남을 정도로 넉넉한 장소인 풍무장이 그들로 인해 꽉 들어찬 것 같은 느낌이 들었다.

그게 바로 금혼살이 절로 긴장해 버린 이유였다.

금혼살은 직접 눈으로 보면서도 믿을 수가 없었다.

풍무장에서 그들을 기다리는, 정확히는 설무백을 기다리는 백여 명의 인물들은 다들 하나같이 고수들이었다.

아무리 봐도 강호 사대 청부 단체 중 하나인 마정에서 손꼽히는 살수인 그가 섣불리 승부를 장담할 수 없는 고수들로 보였다.

'에이, 설마……!'

금혼살은 이건 아니라고, 절대 이럴 수 없다고 생각하며 아이처럼 눈을 비볐다.

강호 무림의 태산북두라고 일컫는 소림사나 무당파가 아니라면 절대 이럴 수 없다는 것이 그가 알고 있는 무림의 상식이었다.

그러나 그가 잘못 보거나 잘못 느낀 게 아니었다.

틀림없었다.

두 눈을 크게 뜨고 새삼스럽게 살펴본 풍무장의 인물들은 다들 하나같이 그가 선뜻 승패를 논하기 어려운 기도의 소유자들이었다.

"……!"

금혼살은 절로 오한이 들어서 식은땀이 흘렀다.

마치 전신이 싸늘하게 굳어지는 것 같은 느낌이 들었고, 그 바람에 가뜩이나 상처가 완치되지 않아서 어기적대는 그의 걸음걸이가 더욱 볼썽사납게 흔들렸다.

그런 그의 곁으로 천살과 지살이 바싹 붙어서 어깨를 나란히 하며 걸었다.

무언가 느낀 것인지 아니면 그저 휘청거리는 그의 모습을 본 것인지는 몰라도 부축해 주는 것이었다.

금혼살은 슬쩍 시선들 돌려서 천살과 지살의 기색을 살피려 했으나, 그게 쉽지 않았다.

천살과 지살은 곧게 정면만을 주시하며 걷고 있었다.

옆에 바싹 붙은 그의 시선으로는 무언가 감정을 변화를 읽을 수 있는 그들의 안색이나 눈빛을 볼 수가 없었다.

금혼살은 어쩔 수 없이 포기하고 슬쩍 몸을 비틀어서 천살과 지살의 부축을 뿌리쳤다.

왠지 겁을 먹고 있는 자신의 속내를 들킬 것 같아서 그대로 그들의 부축을 받기 싫었다.

그런 그의 마음을 아는지 모르는지, 천살과 지살은 순순히 그에게서 떨어져 나갔다.

금혼살은 왠지 모르게 만감이 교차하는 기분에 사로잡히며 절로 한숨을 내쉬었다.

그가 그처럼 치열한 감정의 변화와 싸우는 사이에도 선두의 설무백은 느긋하게 풍무장에 도열한 사내들의 대열 사이를 거슬러서 전면으로 나섰다.

전면에서 기다리고 있던 이십여 명의 남녀노소들 중 십여 명의 노인들이 먼저 앞으로 나서서 설무백에게 더 없이 정중한 포권의 예를 취했다.

"오셨습니까, 주군."

금혼살은 애써 마음을 추스르며 은근슬쩍 고개를 내밀어서 설무백과 인사를 나누는 노인들의 면면을 살펴보았다.

다음 순간, 그는 완전히 얼어붙어 버렸다.

몰랐는데, 가까이서 보니 풍잔의 요인인 노인들 중에 그가 알고 있는 인물들이 적지 않았다.

그리고 그 인물들은 과연 앞서 그가 느낀 것처럼 하나같이 절대 고수들이었다.

"오셨는가?"

짧은 한마디를 던지며 사나운 인상에 애써 부드러운 미소를 드리우는 백발, 백미, 백염에 유복과 유생건을 걸친 선풍도골의 용모인 노인은 놀랍게도 과거 대무당의 치부 아닌 치부로 통하던 무당마검 적현자였다.

마주 공수하며 답례한 설무백이 왜 검노라고 부르는지는 모르겠으나, 금혼살은 과거에 우연찮게 기회가 닿아서 무당마검 적현자를 직접 만나 본 적이 있었기에 정확히 기억하고 있었다.

"잘 다녀오셨습니까?"

"이 정도 시간의 외유시라면 다음에는 이 늙은이도 따라갈 겁니다. 그리 아십시오."

부드러운 목소리로 차분하게 그간의 안부를 묻는 학창의의 노인과 심통 맞은 표정으로 가재미눈을 뜨며 툴툴 거리는 백발의 마의 노인은 천하 십대 고수들조차도 고개를 절레절레 흔들며 만나기를 꺼려 한다는 무림쌍괴 천월과 환사가 분명했다.

이들은 마정이 기피 대상으로 정해 놓은 백 명의 인물 중에서도 상위에 속해 있어서 그가 모를 수가 없었다.

"늦으셨네요?"

"강남에 가셨잖아."

"강남에 가면 원래 다들 늦게 돌아오는 거냐?"

"아무래도 좀 그렇지. 옛날부터 경국지색(傾國之色)이니 화월용태(花月容態)니, 월하미인(月下美人)이니 하며 소문난 것들은 다들 강남 계집이었거든."

"사자성어가 객지 나와서 고생한다, 니미⋯⋯!"

인사와 더불어 느닷없이 자기들끼리 뜬금없는 말을 주고받는 다섯 노인은 도무지 어디로 튈지 모르는 풍진 괴인들이라 정사지간의 최고수들로 평가하는 이십팔숙과 어깨를 나란히 한다는 반천오객이었다.

이들 역시 마정이 기피 대상으로 정해 놓은 인물들.

그리고 그들의 곁에서 가벼운 목례로 인사를 대신하는 두 명과 한 명의 사내가 있었다.

금혼살은 그들을 다른 누구보다도 대번에 알아볼 수 있었다.

그 바람에 더 이상 다른 사람들을 살펴볼 엄두가 나지 않았다.

이건 순전히 멀리 있는 칼날보다 가까이 있는 주먹이 더 무섭다는 식의 감정이었다.

그들, 세 사람 중 두 노인은 강호 칠대 악인에 속한 천하의 색마인 화수 채의와 천하의 요녀인 구유차녀 담요였고, 나머지 하나인 사내는 천기칠살에 속한 그가 시선을 제대로 마주치기 어려울 정도로 내면의 살기가 느껴지는 천하 사대살수 중 하나인 잔월이었기 때문이다.

늘어진 머리카락이 얼굴의 절반 이상을 가려서 확인할 수 있는 것이라고는 살짝 드러난 한쪽 눈가의 얼굴과 나머지 머리카락 사이로 번쩍이는 눈빛, 그리고 뾰족한 턱선밖에 없었으나, 금혼살은 대번에 그를 알아볼 수 있었다.

팽팽한 이십대의 사내로 보이지만 실제는 백수를 넘은 노인인 잔월이었다.

알아보지 못한다면 그게 오히려 이상할 일이었다.

잔월은 모든 살수들의 꿈이자 이상과 같은 살수계의 살아 있는 전설이고, 그건 그에게도 마찬가지였다.

그래서였다.

금혼살은 무당마검이나 무림쌍괴, 반천오객 등보다 잔월에게 더 큰 두려움을 느꼈다.

'대, 대체 어떻게……?'

이런 집단이 가능할 수 있단 말인가.

이건 정말 그의 입장에선 꿈에서도 절대 가능하지 않은 해괴한 집단인 것이다.

그때 누군가 넋이 나가 있는 그를 쳐다보며 고개를 갸웃거리며 물었다.

"근데, 쟤들은 누구요?"

이유는 모르겠으나, 설무백에게 검노라 불리는 무당마검 적현자의 질문이었다.

거대흑도巨大黑道 (1)

"저를 죽이려던 마정의 천기칠살 중 셋입니다. 이쪽이 금혼살이고, 저쪽이 천살과 지살인데, 제법 쓸 만한 자들이라 데려왔어요."

　설무백은 간단명료하게 천기칠살을 만난 경위와 천살과 지살, 금혼살을 데려온 이유를 밝혔다.

　무당마검 적현자, 검노의 지목에 절로 흠칫하며 긴장한 금혼살은 왠지 모르게 허탈해졌다.

　내심 자신의 사연은 하루 반나절 동안 구구절절하게 설명해도 미처 다 하지 못할 것이라고 생각하고 있었다.

　그런데 설무백의 말을 듣고 보니 정말 그랬다.

　그렇게 간단하게 설명될 수 있는 것이었고, 그걸 깨닫자

한 방 맞은 기분이 들어 자신도 모르게 실의에 빠져 버린 것
이다.

그때 설무백을 향한 검노의 의미심장한 말이 그의 정신을
일깨웠다.

"그것 참 반가운 소리로구먼, 저놈은 좀 교육이 필요할 것
같소. 아까 보니 악감정을 버리지 못한 눈빛이더구려."

"흐흐……!"

환사가 불쑥 음충맞게 웃으며 끼어들며 천살과 지살, 금혼
살을 향해 군침을 흘렸다.

"무슨 교육씩이나, 그냥 제게 주십시오, 주군. 안 그래도
요즘 우리 애들이 심심하던 눈치였는데, 던져 주면 잘 데리고
놀 것 같네요. 교육이야 그렇게 어울려서 놀다 보면 절로 되
는 것 아니겠습니까, 흐흐흐……!"

금혼살은 절로 오싹해졌다.

대체 누구에게 던져 주고 어떻게 데리고 논다는 것인지는
몰라도, 그냥 마구 굴려질 것 같은 불길함이 들었다.

다행스럽게도 그때 누군가 구원의 손길을 내밀었다.

"그건 안 될 말입니다."

제갈명이었다. 불쑥 말을 끊고 나선 그가 보란 듯이 고개
를 젓더니 손사래를 치며 환사를 향해 다시 말했다.

"근자에 손맛을 보지 못한 것은, 아니, 손맛이라고 하니까
조금 천박한 느낌이 드네요. 실전이라고 하지요. 에, 그러니

까, 실전을 경험해 보지 못한 것은 풍신무공의 아이들만이 아닙니다. 주군께서 오랜만에 주워 온 물건들인데, 그 아이들만 혜택을 보게 할 수는 없습니다."

그는 두 손을 펼쳐서 장내에 도열한 사내들을 가리키며 말을 끝맺었다.

"모두에게 혜택을 줘야지요. 제가 알아서 조치를 취할 테니, 노야께서는 괜한 신경 쓰지 마시고 손 떼시길 바랍니다."

환사가 콧방귀를 뀌며 눈을 부라렸다.

"흥! 조치는 무슨 얼어 죽을 조치! 설마 내가 네놈의 조치를 받아야 한다는 거냐? 까불지 말고 너나 입 다물고 가만히 있어!"

제갈명은 입 다물고 가만히 있지 않았다.

답답하다는 듯 한숨을 내쉬며 말했다.

"어휴, 노인네 또 그러신다. 전에도 말씀드렸다시피 이제 더는 마음대로 사실 수 없어요. 조직 속에 들어온 이상, 주군만 높이 받들어 모신다고 해서 다 되는 게 아니라, 모름지기 정해진 규율과 규범을 따라야 해요. 안 그러면 조직의 기강이 무너져서 정말 곤란해요."

제갈명의 타이르는 듯한 혹은 한 수 가르쳐 준다는 식의 말투가 환사의 화를 더욱 부채질한 것 같았다.

환사는 바르르 떨리는 수염으로 극도의 분노를 드러내며 제갈명의 목을 부러트릴 것처럼 두 손으로 잡고 흔들었다.

"곤란하긴 뭐가 곤란하다는 것이냐, 이 어린놈의 새끼야! 내가 언제 한 번이라도 조직의 기강을 무너트리는 일을 했다고 그 따위 개소리를 하고 자빠졌냐! 정말 내 손에 죽고 싶어서 환장한 거냐!"

"캑! 저, 저기, 지금 이게 바로 조직의 기강을 무너트리는 일입니다. 캑!"

제갈명은 목이 졸려서 캑캑거리면서도 아프지도 가렵지도 않다는 듯 태연하게 재우쳐 말했다.

"설마 잊으신 겁니까? 캑! 저는 주군께서 출타하시면서 우리 풍잔에 속한 모든 자원의 편성과 활용에 대한 전권을 일임 받은 군사입니다. 안 그러시다가 이제 주군께서 돌아오셨다고 이러시는 모양인데, 캑! 틀렸습니다. 주군께서는 아직 다른 말씀이 없으셨고, 캑! 하물며 이미 저들의 적당한 자리를 찾아 주라는 명령을 제게 하셨으니까요. 캑캑!"

환사가 그 말에 충격을 받은 듯 두 눈을 멀뚱거리며 슬며시 제갈명의 목을 놓고 설무백을 바라보았다.

"정말 이미 이 녀석에게, 아니, 제갈 군사에게 그런 명령을 내리셨습니까?"

설무백은 빙그레 웃으며 대답했다.

"그동안 식구들의 관계가 매우 돈독해진 것 같아서 아주 보기 좋네요."

다른 사람이 듣기에는 엉뚱한 소리로 들릴 테지만, 기실 이건 진심이었다.

식구들의 관계가 보다 더 돈독해지지 않았다면 감히 제갈명이 이처럼 일말의 두려움도 없이 환사에게 대들 수는 없을 터였다.

다만 다른 사람에게는, 특히 숨죽인 채 지켜보던 금혼살과 당사자인 환사의 귀에는 그렇듯 마냥 좋게 들릴 수는 없었다.

그래서 금혼살은 시끄러운 떠버리라고 생각하던 제갈명을 높이 우러러 봤고, 환사는 찔끔한 기색으로 제갈명의 옷매무새를 만져 주며 조용히 물러났다.

"그런 건 진즉에 말을 해 줘야 내가 알지. 아무튼, 미안하게 됐다. 설마 이런 거로 억하심정을 가지는 건 아니지?"

제갈명이 보란 듯이 웃었다.

아는 사람은 다 알 듯이 그의 성격상 무언가 되바라진 한마디를 토해 낼 상황이었는데, 다른 사람이 그 기회를 채 갔다.

"아무리 그래도 그냥 풀어놓는 건 옳지 않다고 봅니다."

잔월이었다.

작고 왜소한 체구를 가진 이십대 후반의 사내로 보이지만, 실제는 육십대의 노인인 그가 조심스럽게 덧붙여 말했다.

"살업(殺業)을 가졌던 자들은 아무리 감추고 억누르려고 해도 도저히 그럴 수 없는 감정의 골을 적어도 한두 개씩 가지고 있기 마련입니다. 그걸 해결하지 못하면 자의든 타의든 언제고 사고를 낼 수밖에 없는 것이 그들이니, 사전에 적당한 조율은 필요할 것 같습니다, 주군."

잔월은 필요한 경우가 아니면 절대로 입도 벙긋하지 않는 과묵한 사내다.

이런 사람의 입에서 나온 말은 상대가 누구라도 큰 효력을 발휘하는 법이다.

설무백도 그랬다.

"그럼 직접 해 줘."

"예?"

"다른 사람한테 시킬 것 없이 잔월 노야가 직접 해 주라고. 그 적당한 조율이라는 거. 그쪽 세계에 대해서 노야보다 더 잘 아는 사람도 없을 거잖아. 됐다고 생각될 때까지 데리고 있다가 제갈 군사에게 보내 줘."

잔월이 대답에 앞서 슬쩍 금혼살 등을 쳐다봤다.

분명 아무런 힘을 주지 않은 눈빛이었음에도 칼끝보다 더 예리한 무언가가 그들의 눈을 찔러 들고 있었다.

금혼살은 흠칫하며 절로 고개를 숙였다.

천살과 지살도 같은 반응이었다.

그런 그들을 잠시 지켜본 잔월이 뒤늦게 설무백을 향해 고개를 숙이며 말했다.

"……알겠습니다."

설무백은 만족한 표정으로 고개를 끄덕이고는 그제야 나

머지 주변인들과 인사를 나누었다.

애써 고개를 들고 쳐다본 금혼살 등의 눈에는 다들 새파란 젊은이들이었는데, 기가 막히게도 누구 하나 전혀 만만하게 보이지 않는 고수들이었다.

금혼살 등이 나중에 알게 되는 그들은 바로 전진사가의 후예인 요미와 과거 천하제일도의 후예인 비풍, 모산파의 파문제자인 활강시의 손자인 무일, 전전대 장강수로십팔타의 총타주였던 대취옹 동곽선생의 후예이자, 취우검의 전인인 동곽무, 멸문한 운몽세가의 비전절기인 화령검법의 대를 이은 단예사, 그리고 천타를 필두로한 광풍대의 서열 십위권의 인물들이었다.

그들 모두와 인사를 끝낸 설무백은 슬쩍 제갈명에게 시선을 주며 물었다.

"화사와 철마립은?"

"순찰 중입니다. 해시(亥時 : 오후 9시~11시)이전에는 돌아올 겁니다."

제갈명의 대답을 들은 설무백은 결코 서두르는 법이 없이 느긋하게 자리를 옮겨서 장내에 도열한 모든 사내들과도 일일이 시선을 교환하며 인사를 주고받았다.

금혼살 등은 아직 몰랐지만, 그들은 바로 설무백의 최측근들이자, 풍잔의 정예들인 광풍대의 대원들이었다.

설무백은 그렇듯 장내의 모두와 인사를 끝낸 다음에야 그들 앞에 서서 말했다.

"번화가라고는 해도, 부촌과 빈민촌을 구획하는 까닭에 하루도 바람 잘날 없던 여기 남문대로의 끝자락에 폐가처럼 버려진 객잔 하나가 난주를 넘어서 감숙성을 지배하는 중심으로 변할 줄이야 감히 누가 상상이라도 했을까. 앞으로도 잘해 주길 바란다. 다시 말하지만 내가 얻는 모든 것은 항상 우리들의 것이다."

장내가 떠나갈 듯이 우렁찬 함성이 터졌다.

설무백은 두 손을 들어서 함성을 잠재우고 특유의 미온한 미소를 지으며 다시 말했다.

"대신 앞으로 오늘과 같은 영접은 그만두자. 미리 말해 두는데 다시 한번 오늘과 같은 영접을 준비하면 그게 누구든 다들 무과산(武窠山)을 돌아오는 구보를 각오해야 할 거다. 이상 끝!"

도열한 광풍대원들 사이에서 피식피식 웃음이 새어 나왔다.

무과산은 무저갱 인근에 자리한 산이었고, 과거 어린 설무백을 대장으로 맞이한 광풍대원들이 밤낮으로 하루 종일 뛰어다니던 훈련장이었기 때문이다.

설무백도 피식 따라 웃었다. 그것으로 끝이었다.

그는 더 이상 아무런 말도 하지 않고 돌아섰다.

풍잔의 요인들이 오랜만에 귀가하는 설무백을 위해서 애써 마련한 영접은 그렇듯 허무할 정도로 짧고 간단하게 끝나 버렸다.

그리고 그다음은 제갈명이 바라마지 않는 보고와 대화의 시간이었다.

"취의청으로 가시죠?"

싱글벙글거리는 제갈명의 제안이었다.

∴

후원과 그 주변에 자리한 별채들을 한눈에 내려다볼 수 있도록 높게 건축된 대전의 상층부인 취의청의 내부는 이전의 모습과 조금 달라져 있었다.

상층부를 통째로 쓰고, 반원을 그리는 거대한 탁자로 채워진 까닭에 족히 수십 명이 둘러앉아서 토론을 진행할 수 있는 공간인 것은 전과 다름이 없었으나, 유일하게 창문이 없어서 사각형의 넓은 공간인 한쪽 벽면에 거대한 중원 지도가 걸려 있었다.

그리고 그 하나의 중원 지도로 인해 취의청의 분위기는 사뭇 웅장한 느낌을 주었다.

잠시 거처에 들러서 여독에 찌든 옷을 갈아입고 취의청으로 들어서던 설무백은 본의 아니게 그 분위기에 취해서 잠시 문가에 서 있었다.

이게 무슨 운명의 장난일까.

우습지 않게도 과거, 아니, 전생에 그가 수하이기 이전에 형제들로 생각한 흑사자들과 함께 논의하던 쾌활림의 취의청에도 저렇듯 거대한 중원 지도가 걸려 있었다.

"멋지죠?"

제갈명이 다가와서 히죽 웃으며 말을 건넸다.

취의청의 벽에 중원 지도를 건 사람이 누군지 대번에 알 수 있었다.

"너냐?"

"저 아니면 또 누가 이런 생각을 하겠습니까."

설무백은 자랑스럽게 어깨를 으쓱이는 제갈명을 바라보며 실없이 웃었다.

매사에 언행을 항상 얄밉게 하는데 늘 그 모습이 얄밉게 보이지 않는 것이 신기했다.

"그것도 재주다."

"예?"

"잘했다고."

설무백은 대충 에둘러 말하면 상석으로 가서 앉았다.

먼저 와서 의자에 앉아 있다가 설무백이 들어오는 것을 보고 재빨리 일어났던 사람들이 그제야 다시금 자리를 앉았다.

언제나 설무백의 뒤에 시립하던 공야무륵과 위지건이 처음으로 자리를 잡고 앉았고, 암중의 혈영 등만이 고집스럽게 모습을 드러내지 않고 있었다.

오랜만에 거의 모든 수뇌부가 집결한 풍잔의 회의가 그렇게 시작되었다.

회의는 설무백이 늘 주장하는 대로 말을 돌리지 않고 단순하게 직접 사안을 파고드는 방식으로 진행되었는데, 그래서인지 처음부터 무거운 주제였다.

제갈명의 보고로부터 시작된 안건이었다.

"그간 대소 이십여 개의 방파에서 우리 풍잔에 사람을 보냈습니다. 그리고 그중 절반 이상의 방파는 회유였으나, 나머지는 다 겁박이었습니다. 주군께서 자리를 비우신 통에 이런저런 핑계로 차일피일 답변을 미루고 있었는데……."

자못 크게 부릅떠진 제갈명의 눈초리가 검노와 환사 등에게 돌려졌다.

"노야들 등쌀에 제가 아주 죽을 맛이었습니다. 우선적으로 처리해 주시기 바랍니다!"

"방파들이 치근댄다고……?"

설무백은 본의 아니게 절로 고개를 갸웃했다.

제갈명의 보고는 그가 전혀 예상하지 못한 내용이었다.

이제 풍잔의 입지가 거의 완벽해졌다고 판단했기에 더는 사사로운 도발이 없을 것이라고 생각했기 때문이다.

만약 있다면 극소수의 진정한 무도가와 후기지수들 중에서도 분위기 파악 제대로 못하는 애송이들 혹은 잔뜩 겉멋이

들어서 제마멸사(制魔滅邪)라는 전통의 강호행을 핑계로 찾아오는 일부 멍청이들이 다일 것이라고 믿어 의심치 않았다.

실로 꽤나 오랫동안 이런저런 같잖은 이유까지 대며 풍잔을 찾아오는 비무자들을 절대 마다하지 않고 그가 직접 나서서 잔인하다는 소리가 나돌 정도로 충분히 과하게 상대해 주었기 때문에 가능한 판단이었다.

그가 별다른 걱정 없이 장시간의 외유를 결정할 수 있었던 것도 바로 그래서였는데.

"그게……."

제갈명이 곱지 않게 변한 그의 기색을 보더니 눈치 빠르게 부연에 나섰다.

"사실 이건 얼마 전부터 충분히 언제든지 일어날 수 있는 가능성을 가진 일이었습니다. 불처럼 일어났던 시작과 달리 싸우는 것도 아니고 안 싸우는 것도 아닌 작금의 남북 관계가 중원 진출을 꿈꾸며 변방에서 눈치를 보던 무림 세력들에게는 놓칠 수 없는 절호의 기회이니까요."

설무백은 이해하고 물었다.

"그들 중에 우리 풍잔을 노리는 자들이 있다?"

제갈명이 어색하게 웃는 낯으로 어깨를 으쓱였다.

"겁 없이 노리는 애들도 있고, 눈치를 살피며 한 번 찔러보는 애들, 같이 하자고 손을 내미는 애들, 아무것도 모르고 그냥 살피러 온 애들 등등, 정말이지 아주 다양합니다."

천외천의
주인

설무백은 가만히 고개를 끄덕이며 팔짱을 꼈다.

"어디 한번 읊어 봐."

제갈명이 기다렸다는 듯이 주르륵 읊었다.

"주군의 이해를 돕기 위해서 상중하로 나누었습니다. 물론 특급은 없다는 소리고, 상급이라도 우리 풍잔을 두고 지분거리는 애들 중에서만 분류한 것이라 지극히 상대적이니, 적당히 이해해 주십시오."

"각설하고."

"아, 옙! 각설하고, 우선 상급의 무리는 넷으로, 옥문관 쪽인 돈황의 낭인 시장을 주도하는 대복보와 대설산(大雪山)의 설산파(雪山派), 기련산(祁連山)이 근거지인 만월당(滿月黨), 그렇게 감숙성의 셋과 섬서성 남부 끝인 한중(漢中) 등지에서 암약하는 마적단인 용화당(龍火黨) 하나입니다. 그리고 중급은 가장 많은 열 셋으로……중략…… 하급은 열둘로…… 중략…… 이상입니다!"

들어 본 이름도 있었고, 생판 모르는 이름도 나왔다.

제갈명의 말을 끊지 않고 묵묵히 들은 설무백은 역시나 각설하고 물었다.

"그들 중에 우리가 신경 써야 할 애들은 몇이지?"

제갈명이 대답했다.

"전부 다입니다."

의외의 대답이었다.

"어째서 그렇지?"

"제가 그냥 뭉뚱그려 말씀드려서 그렇지 다들 이유가 있고, 사연이 있다고 생각되기 때문입니다."

"능력이 안 되는데 나섰으면 그냥 주제를 모르는 거지 대체 무슨 이유와 사연이 있다는 거야?"

"능력이 안 되는데 나섰으니, 당연히 이유와 사연이 있는 거지요. 즉, 배후가 있다는 거 아니겠습니까."

설무백은 절로 고개를 끄덕였다.

혹시나 해서 따지고 들어 봤는데, 역시나 기대한 대답이 나왔다. 과연 제갈명은 이런 쪽으로 매우 예리한 두뇌를 소유하고 있었다.

충분히 납득한 설무백은 선뜻 질문의 방향을 바꾸었다.

"그럼 그중에 우선적으로 처리해야 할 곳은 어디라고 생각해?"

제갈명이 이 문제 역시 사전에 철저히 조사하고 파악해 둔 듯 추호도 망설임 없이 대답했다.

"아무래도 상급에 속하는 네 곳입니다. 그중에서도 상대적으로 가장 가까운 거리에 있는 섬서성 한중의 용화당이 최우선이라고 생각합니다. 사실 주군께서 떠나신 직후부터 녀석들이 아슬아슬하게 난주 외곽에 걸친 지역을 들락거리는 바람에 우리 애들이 아주 극도로 예민해져 있습니다."

제갈명이 자못 울상을 지으며 부연했다.

"말이 나와서 하는 말인데, 주군께서 돌아오실 때까지 기다리자고 막는 저를 아주 죽일 놈처럼 노려보는 애들이 정말 한둘이 아니었습니다."

"이유가 있겠지?"

"어떤 이유요?"

제갈명이 잘라 물었다.

"놈들이 찝쩍거리는 이유요, 아니면 제가 놈들을 막은 이유요?"

설무백은 타고난 통찰력으로 이미 겉으로 드러나지 않은 상황을 간파했기 때문에 짐짓 눈총을 주었다.

"둘 다. 어차피 같은 이유일 거잖아."

"역시!"

제갈명이 감탄의 빛을 두 눈에 드리우며 답변했다.

"용화당의 우두머리인 용화신도(龍火神刀) 이적필(李積必)이 오래전부터 흑도십웅의 한자리를 노리는 고수라고 소문나긴 했지만, 그건 그저 소문일 뿐이고, 그래 봤자 그는 고작 일개 마적단의 두목에 불과할 따름입니다. 아⋯⋯!"

그는 문득 생각났다는 듯 겸연쩍은 미소를 보이며 풍사 등을 향해 손사래를 쳤다.

"물론 이건 세외 변방과 달리 마적들이 활개를 칠 수 없는 중원의 상황을 빗대서 하는 말이니, 오해 마시길⋯⋯!"

지금 취의청에는 풍사와 천타를 포함, 과거 대막을 휩쓸던 마적단인 광풍대의 고수들도 함께 자리하고 있었기 때문이다.

풍사가 대수롭지 않게 손을 내저었다.

"주군의 면전이다. 괜한 것에 신경 쓰지 말고 할 일 해."

제갈명이 고맙다는 듯 풍사를 향해 꾸뻑 고개를 숙이고는 다시 말을 이어 나갔다.

"아무튼, 그래서 제 말인 즉, 이적필이 마음 편히 한중 일대를 싸돌아다닐 수 있는 것은 구대 문파의 하나인 종남파(終南派)의 묵인이 있기에 가능한 일이라는 겁니다. 누가 뭐래도 서안을 기점으로 섬서성의 이남은 그들, 종남파의 영역이니까요."

설무백이 확인했다.

"결국 종남파가 부추긴 거다?"

제갈명이 즉시 확답했다.

"왜 아니겠습니까. 참고로 종남파의 장문방장인 맹검수사(猛劍修士) 부약도(夫略導)는 역대 종남파의 장문방장들 중 가장 야심이 만만한 자라고 소문이 자자한 인물입니다. 오죽하면 맹검(猛劍)이겠습니까."

설무백은 수긍의 표시로 고개를 끄덕이며 물었다.

"그럼 귀매가 자리를 비운 것이 그들 때문이라는 소리군. 맞아?"

귀매는 설무백이 사사무에게 지어 준 별호다.

제갈명이 새삼 감탄한 표정을 눈을 빛내며 대답했다.

"그렇습니다. 종남파의 동향을 좀 더 세밀하게 파악하고 싶어서 제가 도움을 청했습니다. 아무래도 그쪽은 귀매의 영역이라고 판단해서……."

설무백은 슬쩍 손을 들어서 이어지던 제갈명의 부연을 자르고 말했다.

"대복보와 설산파, 만월당의 수뇌들은 누구지?"

제갈명이 사전에 준비해 둔 글을 읽듯 빠르게 설명했다.

"돈황의 낭인시장을 주무르는 대복보의 주인은 금안야차(金眼夜叉) 마적산(馬狄山)이고, 설산파의 장문인은 대대로 고도의 음한공(陰寒功)인 구음신공(九陰神功)으로 대설산을 지배했다고 알려진 설산만가(雪山萬家)의 직계인 현빙신군(玄氷神君) 단초(丹綃)이며, 만월당의 수장은 기련산(祈連山)의 요괴들로 알려진 세쌍둥이로, 각기 기련지마(祈連指魔)와 기련비마(祈連飛魔), 기련요마(祈連妖魔)로 불리는 기련삼마(祈連三魔)입니다."

그는 슬쩍 손을 내밀어서 한쪽 벽을 가득 메우고 있는 중원 지도를 일별하며 설명을 끝맺었다.

"혹시 몰라서 간단하게나마 표시를 해 두었습니다."

설무백은 중원 지도를 바라보며 묵묵히 고개를 끄덕였다.

중원 지도에는 지금 막 제갈명이 설명한 자들의 위치가 작은 깃발로 표시되어 있었고, 그 아래로는 최측근들로 여겨지는 자들의 명호가 적혀 있었다.

잠시 그들의 위치와 측근들의 명호를 살펴보며 마음을 정한 설무백은 이윽고 마음을 정하며 물었다.

　"무공의 수준은?"

　제갈명이 대답했다.

　"저마다 약간의 차이는 있으나, 다들 일류 이상인 특급의 경지입니다."

　강호 무림에서 저마다의 무공 수준을 따지는 것은 복잡하다면 복잡하지만 간단하다면 또 그렇게 간단할 수가 없었다.

　간단하게 설명하자면 이렇다.

　우선 순수한 완력과 초식만으로 싸우는 무인인 삼류이고, 삼류 무인이 내공을 쌓아서 타고난 완력에 내공의 힘을 더할 수 있으면 이류이다.

　육체의 모든 동작에 내공의 힘을 실을 수 있기에 가벼운 발차기만으로도 몸통만한 굵기의 나무 밑동을 부러트릴 수 있는 수준이 바로 이류인 것이다.

　그다음이 바로 소위 말하는 검기상인(劍氣傷人)의 경지처럼 도검을 이용하든 그냥 맨손을 쓰든 몸속에 축적한 내공의 기운을 밖으로 반출할 수 있는 일류이다.

　맨손으로는 장풍이나 권풍을 날리고, 도검을 사용하면 검기나 도기를 써서 병기가 닿기도 전에 상대에게 상처를 입힐 수 있는 경지가 바로 일류인 것인데, 물론 일류 고수라고 해서 다 같은 일류인 것은 아니다.

몸 밖으로 반출한 무형의 기운을 얼마나 크게 만들 수 있으며 또 얼마나 능숙하게 다룰 수 있느냐에 따라서 같은 일류라도 차원이 달라지기 때문이다.

같은 검기를 사용해도 누구는 한 치, 두 치에 불과하지만, 다른 누구는 일장, 이장을 다룰 수도 있는 것이다.

또한 그로 인해 특급 그리고 초특급의 경지가 나눠진다.

다시 말해서 몸 밖으로 반출한 기운을 그저 다루는 것에 그치지 않고 일정한 형태를 가지게 해서, 즉 눈에 보이는 물체처럼 유형화해서 얼마나 정교하게 다룰 수 있느냐에 따라 특급과 초특급이라는 차이를 두어서 평가하는 것인데, 절정 고수니, 절대 고수니 하는 수식어들이 이때부터 나온다.

특급의 경지를 넘어서는 무위는 워낙 극상의 수준이므로 어지간한 무인이 봐도 판별하기 쉽지 않아 지극히 추상적인 수식어로 대변하는 경우가 흔했다.

따라서 강호 무림에서 일반적인 상식으로 통하는 무인의 수준은 누가 누구를 이겼으니 누구는 누구보다 강하다는 식의 소문을 통해서 정해지는 강호 무림의 서열과 마찬가지로, 이거다 하고 확실하게 정해질 수 없다.

요컨대 무인이 습득하는 하나의 경지는 정확히 하나가 아니고 상당 부분의 경지를 포괄하고 있어서 비단 같은 등급의 고수라 할지라도 절대 같을 수가 없는 것이다.

삼류 고수가 이류나 일류 고수를 이기거나, 이류 고수가 일류 고수나 특급 고수를 이기는 상황이 종종 벌어지는 이유가 바로 그 때문이다.

그래서 일단 몸속의 기운을 밖으로 반출할 수 있는 검기상 인의 경지에 들어선 무인은 저마다 주어진 환경이나 개개인 의 정신무장에 따라 승부가 달라지는 변수가 가능해지는 것 이다.

그런 측면에서 볼 때, 마적산이나 단초 등에 대한 제갈명 의 평가는 정확한 것이 아니었다.

직접 겪어 본 것이 아니라 단편적으로 긁어모은 정보를 통 해서 판단한 것이라 실제 능력과 적잖은 차이가 날 수도 있 었다.

그러나 설무백은 그것으로 충분하다고 생각하며 더 이상 묻지도 따지지도 않고 마음을 정했다.

"예 노, 돈황의 대복보와 인연이 좀 있지 않나?"

예충이 무슨 의미인지 파악한 듯 빙그레 웃으며 대답했다.

"있지요. 워낙 오래전의 일이라 기억하는 녀석이 있을지 모 르겠지만, 기억하는 녀석이 하나라도 있다면 그리 박대하지 는 않을 겁니다."

설무백은 가볍게 따라 웃으며 말했다.

"화사와 철마립을 붙여 줄 테니, 다녀와. 돌아오는 길에 설 산과 기련산도 좀 들러 보고."

예충이 예리하게 물었다.

"목을 따올까요?"

"아니, 데려와. 물론 말을 안 듣고 버티면 그냥 머리만 가져와도 되고."

"옙, 알겠습니다!"

설무백은 예충의 대답을 듣기 무섭게 고개를 돌려서 풍사와 천타에게 시선을 주며 물었다.

"오랜만에 둘이 손 한번 맞춰 볼래?"

"용화당이요?"

"응."

풍사가 슬쩍 천타와 시선을 교환하고는 다시 설무백을 바라보며 물었다.

"역시 데려오면 되는 건가요?"

설무백은 고개를 저으며 단호하게 말했다.

"아니. 그쪽은 씨를 말려야 해. 그래야 화산파나 공동파가 물러난 것을 익히 잘 알면서도 나선 종남파에게 충분한 경고가 될 테니까."

풍사가 씩 웃으며 혀를 내밀어서 입술을 핥았다는 그는 이며 살기가 동한 눈빛이었다.

"알겠습니다. 정말 오랜만에 거하게 놀 수 있겠네요."

"아니, 저기……!"

제갈명이 크게 당황하며 나섰다.

"용화당은 정예만 추려도 족히 이백 명을 훌쩍 넘는……!"

말을 하던 제갈명이 흠칫 놀라며 말꼬리를 흐렸다.

풍사의 싸늘한 눈초리가 그에게 돌려졌기 때문이다.

다음 순간, 비릿한 미소를 입가에 머금은 풍사가 나직하게 확인했다.

"설마 지금 내게 수치를 주고 싶은 건 아니지?"

용화당의 인원이 몇이든 간에 그가 상대할 수 없다고 생각하는 것 자체가 그에게 수치라는 의미였다.

제갈명은 어쩔 수 없다는 듯 입맛을 다시며 고개를 저었다.

"설마요. 그랬다가는 당장에 대가리가 깨질 것 같은데 그럴 수야 없죠."

풍사가 싸늘하게 굳어진 눈빛을 거두지 않으며 말했다.

"나도 나지만, 주군의 결정에 반기를 드는 태도가 더 눈에 거슬려서 그래. 앞으로 주의해."

제갈명이 대뜸 오만상을 찡그린 채 삐딱하게 풍사를 바라보며 항변했다.

"그건 안 되겠는데요. 주군의 결정이 옳은지 옳지 않은지 적극적으로 따져서 반기를 들어야 하는 것이 군사인 저의 올바른 책무라고 생각하거든요."

풍사가 한 방 맞은 표정으로 눈을 끔뻑이다가 이내 피식 웃으며 인정했다.

"생각해 보니 그건 또 그러네. 알았어. 앞으로도 알아서 잘 판단해서 행동하도록."

"알겠습니다. 그거야 제가 제일 자신하는 일이니 염려 붙들어 매십시오."

제갈명이 그제야 만족한 표정으로 따라 웃었다. 그러고는 이내 중원 지도에서 황색인 삼각의 깃발로 표시된 열세 개의 중급 방파와 백색인 삼각의 깃발로 표시된 하급의 열두 개 방파를 확인했다.

이제 남은 그들의 처리를 물으려는 모양인데, 그럴 필요가 없게 되었다.

설무백이 그렇게 처리했다.

"나머지 애들은 잔월 노야가 맡아 줘야겠어. 제연청을 붙여 줄 테니까 최대한 빨리."

잔월이 잠시 묘한 표정으로 설무백을 바라보며 뜸을 들이다가 이내 지나가는 말처럼 중얼거렸다.

"고작 둘 명이서 크든 작든 어쨌거나 규모를 갖춘 스물다섯 개의 방파 우두머리들을 생포하려면 정말이지 한세월이 걸릴 테니, 그걸 바라지는 않으실 테고……."

조용히 말꼬리를 흐린 그는 불쑥 물었다.

"스물다섯 개의 목을 베라는 거겠죠?"

설무백은 건조한 미소를 지으며 고개를 끄덕였다.

"머리는 가져오진 않아도 돼."

그리고 나직하지만 더없이 단호한 느낌을 주는 어조로 덧붙여 말했다.

"나는 그저 우리에게 지분거린 이유가 당사자의 무지든 아니면 다른 누군가의 지시를 받은 행동이든 간에 확실한 경고를 해 두고 싶을 뿐이니까."

장내가 찬물을 끼얹은 것처럼 조용해졌다.

표정 하나 변하지 않고 무덤덤한 모습으로 이십여 명의 목숨을 요구하는 설무백의 태도가 좌중의 기류를 모호하게 흔들어 놓았다.

좌중의 일부는 처음 경험해 보는 것이었고, 또 다른 나머지 일부조차 그간 좀처럼 경험해 볼 수 없었던 그의 모습이었기 때문이다.

그러나 설무백은 좌중의 반응에 조금도 아랑곳하지 않고 곧바로 회의를 이어 나갔다.

"다음 안건으로 넘어가도록 하지."

제갈명은 오늘과 같은 설무백의 모습을 처음 경험해 보는 사람에 속했다.

그래서 그는 너무 놀라 당황한 나머지 다음 안건으로 넘어가자는 설무백의 말을 듣고도 곧바로 반응하지 못하고 우두커니 서 있었다.

다만 그의 놀람과 당황은 생경한 것에 대한 반사적인 반응일 뿐, 부정적인 견해는 눈곱만큼도 존재하지 않았다.

오히려 그는 가슴이 벅차올랐다.

그는 오래전부터, 정확히는 본의 아니게 풍잔으로 끌려와서 어쩔 수 없이 설무백의 시중 아닌 시중을 들기 시작했을 때부터 어쩌면 혹시나 하는 마음으로 알게 모르게 설무백의 곁을 지키고 있었는데, 이제 확실해졌다.

혹시나가 아니라 역시나였다.

중원 무림을 아우르는 거대한 포부와 그로서도 전혀 파악할 도리가 없는 흉중이 더해져서 매사에 느슨해 보이면서도 일단 마음이 정해지면 대쪽보다도 더 단호한 결단을 내리는 이 사람, 설무백이야말로 그가 일찍이 꿈에도 모시고 싶어 하던 진정한 주군이었다.

"뭐 해?"

설무백이 어리둥절한 눈초리로 쳐다보고 있었다.

제갈명은 그제야 현실로 돌아와서 격동으로 가빠진 호흡을 애써 억누르며 말문을 열었다.

"에, 다음은……."

그게 어떤 것이든 빠르게 변화하는 것에는 사전에 정해진 이해득실과 무관하게 다양한 부조리가 생겨나는 것이 세상의 이치다.

작금의 풍잔도 그 범주를 크게 벗어나지 않았다.

흑도가 득세하던 난주에서 우후죽순처럼 난립하던 흑도를 모두 누르고 하나로 품어 버린 풍잔은 기존의 교역과 관리를 정제하며 자연히 형성된 이득을 활용해서 교역의 범위를 확장해 하루가 다르게 번창하고 있었다.

그와 더불어 당연한 수순으로 알게 모르게 파리들이 꼬여 들어 부조리가 일어나는 중이었다.

제갈명은 그것을 조목조목 따져 가며 일목요연하게 언급하고 나서 말미에 부언했다.

"……난주를 떠나서 사용되는 인적자원은, 즉 물건을 가지고 이동하는 동안의 보호와 경계에 들어가는 비용은 우리가 어쩔 수 없이 인정하고 받아들여야 하는 손실이지요."

표국을 이용해서 외지로 반출되는 물건에 대한 얘기였다.

풍잔은 주로 난주에서 가장 규모가 큰 표국은 매화표국을 이용했으나, 그간 업종을 늘리고 사세를 확장하는 바람에 물동량이 크게 늘어나서 그들 이외에도 난주에 있는 세 개의 중소표국 전부를 활용하고 있었다.

지난날 난주의 물류를 거의 다 감당하고 있던 난주상회(蘭州商會)의 주인 엄이보가 자진해서 풍잔의 예하로 들어온 것만 봐도 그에 대해서는 두말할 나위가 없었다.

"다만 그 과정을 선명하게 드러내지 않고 숨기거나 애초에 과도하게 요구하는 것은 인정할 수 없는 문제입니다. 한데, 요즘 들어 외부에서 난주로 들어오는, 그러니까 사서 가지고 오는 물량에도 마찬가지로 이동 지역 간의 통행세 등, 부가적으로 들어가는 비용을 우리에게 전가하는……."

"잠깐."

설무백은 슬쩍 손을 들어서 제갈명의 말을 끊고 물었다.

"……마찬가지로 라는 건 난주에서 반출되는 물류비용에도 이미 이동 지역 간의 통행세가 포함되었다는 얘기인 건가?"

"예, 그렇습니다."

"나는 처음 듣는 얘기 같은데?"

제갈명이 어색한 미소를 흘렸다.

"풍잔에서 처리되는 비용이 아니라서 따로 보고드리지 않았습니다. 물류비 중에서도 운송비에 부가적으로 포함되는 그런 비용은 우리에게 하청을 받는 표국의 소관이니까요."

"표국의 소관이라 알고도 묵인했다?"

설무백의 표정이 심상치 않게 변했다.

제갈명이 그걸 보고는 서둘러 변명에 나섰다.

"어느 들판 어느 산에도 마적이 있고 산적이 있는 것이 중원의 강호입니다. 그들을 일일이 다 대적하는 것보다 통행세라는 적당한 회유나 교류로 자신들의 안전을 보장받는 것이 바로 표국의 수완이고요. 해서, 제가 관여할 부분이 아니라고 생각했습니다."

설무백은 불쑥 물었다.

"수완? 비리가 아니고?"

제갈명이 사뭇 강경한 어조로 대답했다.

"저는 같은 말이라고 생각합니다. 약간의 비리는 사람이라면 누구나 다 저지를 수 있는 겁니다. 사람이라면, 아니, 사람이기에 그런 인간적인 약점을 가지고 있으며, 가져야 하는 거라고 봅니다. 융통성 하나 없이 마냥 **빡빡**하게만 구는 사람은 그 누구와도 제대로 어울릴 수가 없으니까요."

"필요악이다?"

"예, 그렇습니다. 보약도 과하게 쓰면 독이 되고, 독도 적 당히 쓰면 약이 되는 것처럼 인간의 비리도 그와 같습니다. 비리는 나쁜 거지만, 과하게만 쓰지 않다면 인간관계에 있어 없어서는 안 될 매우 중요한 요소가 되기도 하니까요."

그는 묵묵히 들어 주는 설무백의 태도를 보며 자신의 주장 을 수용한 것이라고 이해한 듯 한결 더 강한 어조로 말을 끝 맺었다.

"외람된 말이나, 이건 주군께도 매우 필요한 덕목이라고 저는 생각하고 있습니다. 매사에 엄격하기만 한 상관을 존경 하는 수하는 매우 드뭅니다. 말로는 존경한다고 해도 진심으 로 따르는 수하는 별로 없을 겁니다. 더 높은 자리를 바라신 다면 이 점을 필히 유념해 두시길 바랍니다."

설무백은 피식 웃었다.

두 눈은 무심한 눈빛 그대로인데 입만 비틀어지며 웃고 있어서 누구라도 화를 내고 있다는 것을 알 수 있는 반응이 었다.

그 상태로, 그는 물었다.

"진심으로 그렇게 생각해?"

"예……?"

"수하들의 존경을 받기 위해서 자신도 비리를 저지르며 수하들의 비리를 묵인해 줘야 하는 게 상관의 올바른 태도냐고 묻는 거다."

바보가 아닌 이상, 이게 진심으로 궁금해서 던지는 질문이 아니라는 것쯤은 대번에 알 수 있을 터였다.

제갈명도 그래서 절로 긴장하며 말을 더듬었다.

"아, 아니 그러니까, 제 말은……!"

설무백은 그의 말을 듣지 않고 냉담한 어조로 말했다.

"바늘 도둑이 소도둑 된다는 말이 있다. 도박판의 판돈이 낮아지는 것을 본 적이 있나? 무엇이든 시작이 어렵고, 처음이 괴롭다. 사람을 죽이는 것조차도 반복되면 심드렁할 정도로 무뎌지는 것이 바로 인지상정인 거다."

제갈명은 감히 항변하지 못하고 돌처럼 딱딱하게 굳어 버렸다.

냉담한 어조에 실린 설무백의 분노를 느꼈기 때문인데, 마음 같아서는 당장에 바닥에 엎드리고 싶었지만 전신을 옥죄는 과중한 압력으로 인해 그럴 수조차 없었다.

그런 그의 상황을 아는지 모르는지, 설무백은 어디까지나 무심하게 그를 주시하며 재우쳐 물었다.

"혹시나 해서 묻는다. 네 생각과 다르게 행동한다면 더 높은 자리로 올라갈 방법이 없다고 생각하나?"

"그, 그렇지는 않습니다."

몸은 굳어졌으나, 입은 떨어졌다.

내심 그걸 다행이라고 생각한 제갈명은 재우쳐 말했다.

"물론 어디에나 다 그렇듯 예외는 있지요. 하지만 그와 같은 방법을 고집하며 원하는 위치에 올라가려면 참으로 지난한 고통을 감수해야 할 겁니다. 절대 아무나 흉내 낼 수 있는 방법이 아니라는……!"

제갈명은 절로 찔끔해서 말꼬리를 흘리며 설무백의 눈치를 보았다. 못내 타고난 성격을 누르지 못하고 습관적으로 하고 싶은 말을 하다 보니 하지 않아도 좋을, 아니, 하지 말아야 할 말이 나와 버린 것이다.

그러나 정작 그의 대답을 들은 설무백은 피식 웃었다.

상관의 분노에 겁을 집어먹고 바짝 긴장한 상태임에도 이건 매우 힘든 일이라 너라도 어려울 거라는 입바른 소리를 뻔뻔스럽게 내뱉을 수 있는 자가 천하에 몇이나 있을 것인가.

'아니, 있기는 할까?'

설무백은 그걸로 제갈명의 오판으로 생겨난 분노를 모두 털어 버렸다.

그는 짐짓 매서운 눈초리로 제갈명을 노려보며 물었다.

"아무나 할 수 없는 그거 내가 하려는데 좀 제대로 도와주면 안 되겠냐?"

제갈명은 가만히 눈동자를 굴리다가 이내 털썩 무릎을 꿇으며 머리를 조아렸다.

"여부가 있겠습니까! 수하 목숨을 바쳐서 주군의 뜻을 받들도록 하겠습니다!"

"목숨까진 필요 없고, 표국들을 포함해서 우리 풍잔의 일을 돕는 모든 식구들에게 내 말이나 전해라."

설무백은 어리둥절해서 고개를 쳐드는 제갈명을 매섭게 직시하며 재우쳐 말했다.

"누구든 풍잔의 일을 하는 동안에는 풍잔의 식구다. 따라서 오늘 이 시간부로 사전에 정해진 금액 이외에 들어가는 부가적인 비용도 전부 다 풍잔에서 지불한다. 대신 그게 누구든 상대에게 풍잔의 일원임을 밝혀라. 그래야 그걸 거부하거나 부당한 요구를 하는 자들을 처리할 명분이 있으니까."

제갈명은 절로 입에 고인 침을 꿀꺽 삼켰다.

그럴 수밖에 없는 것이 이건 그야말로 파격적이었다.

아는 사람은 다 아는 얘기지만, 그동안 설무백은 그 자신은 물론, 풍잔의 존재가 밖으로 드러나는 것을 지극히 저어하며 매사에 주도면밀하게 처신해 왔다.

그런데 지금 설무백의 말은 더 이상 풍잔의 존재를 숨기지 않겠다는 선언과도 같았다.

단순히 이제 조금은 풀어져도 된다는 뜻일까 아니면 나름 모든 준비가 끝났다는 의미일까?

내심 그런 생각으로 머리가 복잡하던 제갈명은 불현듯 설무백의 지시로 인해 이제부터 자신이 해야 할 일을 깨닫고는 절로 울상이 되었다.

지난 수개월 동안 풍잔의 확장으로 인해 필요에 의해서 혹은 저절로 늘어난 식구들이 영내에만 천 명을 넘어선지 오래였고, 영외에서 거주하는 식구들은 무려 삼백여 가구에 이천여 명에 달했다.

평소 저마다 가진 특기에 따라 목수, 대장장이, 재봉, 염색, 양조, 건축 등, 난주의 이곳저곳에 흩어져서 일을 하고 있는 그들을 찾아다니며 설무백의 말을 전해 주려면 적어도 보름 이상은 편히 두 발 뻗고 잘 수 없을 것이다.

설무백이 그런 그의 마음을 아는지 모르는지 심드렁하게 쳐다보며 물었다.

"대충 들을 얘기는 다 들은 것 같은데, 더 할 얘기 있어?"

있었다.

제갈명은 애써 마음을 다잡고 말했다.

"일전에 보내 주신 물건에 대해서 보고드리겠습니다."

제갈명의 말이 끝나기 무섭게 자리에 앉아 있던 무일이 일어났다.

일전에 설무백이 보낸 물건은 바로 철면 강시의 한쪽 팔이었다.

당연하게도 그쪽에 조예가 깊은 무일이 그것을 살펴봤을 테니, 보고를 하려는 것일 터였다.

"에……."

"잠시만."

설무백은 슬쩍 손을 들어서 무일의 말을 막으며 제갈명을 향해 물었다.

"이거 말고 다른 안건은 없는 거지?"

아니었다.

한 가지가 더 있었다.

그것도 제갈명이 가장 미심쩍어서 가장 중요하게 생각하는 한 가지였다.

"있긴 있습니다만, 지극히 개인적인 문제일 수도 있어서 따로 긴히 말씀드리고 싶습니다."

"누구의?"

"물론 주군입니다."

설무백은 묘하다는 눈빛으로 제갈명을 바라보았다.

기실 그도 내심 제갈명의 입에서 나왔어도 벌써 나왔을 일 하나를 염두에 두고 있었다.

그런데 지금 제갈명의 태도를 보니 아무래도 같은 일을 생각하고 있을 거라는 직감이 들었다.

"좋아, 그럼. 이 건과 지금 그 건은 이따가 내 거처에서 따로 보고받기로 하고, 회의는 그만 끝내도록 하지."

제갈명은 당연히 환영이었으나, 우선 좌중의 의견부터 살폈다.

거부하는 사람은 없었다.

다들 고개를 끄덕이는 것으로 수긍하고 있었다.

그는 그제야 수긍하며 제갈명을 향해 고개를 숙였다.

설무백은 좌중을 둘러보며 자리를 털고 일어나는 것으로 회의가 끝났음을 알렸다.

그리고 은근한 미소를 입가에 드리운 채 요미를 시작으로 비풍, 동곽무, 단예사, 무일 등을 둘러보며 의미심장하게 말했다.

"너희들은 나와 볼일이 좀 있지?"

늘 당찬 기색인 비풍이 대번에 무슨 말인지 알아들은 듯 히죽 웃으며 대답했다.

"풍무관이 좋겠죠?"

설무백은 가볍게 웃는 낯으로 고개를 끄덕이며 검노와 환사, 천월, 예충 등에게 시선을 주었다.

"궁금하실 텐데, 같이 가시죠?"

검노와 환사, 천월, 예충 등이 여부가 있겠냐는 듯 그의 곁에 붙었다.

반천오객이 다급히 우르르 나섰다.

"우리는, 우리는?"

"말 안 해도 따라오실 거잖아요."

설무백은 대수롭지 않게 대꾸하고는 느긋하게 취의청을 벗어나다가 깜빡했다는 듯 제갈명을 돌아보며 지시했다.

"화사와 철마립이 돌아오면 풍무관으로 보내."

제갈명은 굳이 고개를 숙이는 것으로 대답을 대신하고는 이내 설무백이 취의청을 나서기 무섭게 곁에 서 있는 광풍사 랑 구익조와 광풍십삼랑 토웅을 쳐다보며 의미심장하게 웃었다.

"이전 근무자들이시죠?"

풍잔에서 난주의 외곽을 순찰하는 임무는 전과 달리 하루 사교대의 체계가 완전하게 자리 잡혀 있었다.

그리고 이전 근무자는 교대한 근무자가 근무를 끝내고 새로운 근무자와 교대해서 돌아오면 앞서 자신들이 인수인계한 사항들이 틀리지 않았는지 확인하는 것이 몇 번의 시행착오 끝에 정해진 풍잔의 규칙이었다.

제갈명은 거기에 기대서 설무백이 지시한 내용을 이전 근무자였던 구익조와 토웅에게 넘기려고 했다.

아직 이런 변칙에 능하지 않은 토웅은 슬쩍 구익조의 눈치를 보았다.

구익조는 이럴 줄 알았다는 듯 피식 웃으며 어서 가 보라는 듯 손을 내저었다.

"가 봐."

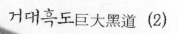
거대흑도巨大黑道 (2)

거대한 실내연무장인 풍무관으로 들어선 설무백은 본의 아니게 미간을 찌푸렸다.

요미와 비풍, 독광무, 단예사, 무일 등을 따로 불렀던 것은 그가 자리를 비운 사이에 그들의 실력이 어느 정도나 향상되었는지 확인하려는 의도였다.

검노와 환사, 천월, 예충을 동석시킨 것은 그간 무일 등이 그들에게 지도를 받았기 때문이었다.

그러나 그런 그의 의도와는 무관하게 풍무관으로 그를 따라온 것은 그들만이 아니었다.

취의청에 있던 거의 모든 사람들이 그를 따라서 풍무관으로 이동해 왔다.

하다못해 천타를 비롯한 광풍대의 십대 고수 전원과 백사 방의 이칠, 대도회의 양의의 모습도 보였다.

어이없게도 취의청에서 풍무관으로 장소만 옮겨진 상황이 었다.

"왜들 이래요?"

설무백은 못내 거북해서 곁에 선 예충을 향해 물었다.

그런데 누군가 그와 예충 사이로 불쑥 끼어들며 대답했다.

"왜들 이러긴요, 다들 궁금해서 이러죠."

제갈명이었다.

설무백은 이건 또 뭐냐는 식으로 미간을 찌푸리며 제갈명을 바라보았다.

"화사와 철마립이 벌써 돌아온 건 아닐 테고. 넌 또 왜 따라왔어?"

"저도 궁금해서 따라왔죠."

제갈명이 대수롭지 않게 대꾸하고는 히죽 웃으며 부연했다.

"주군의 명령은 구익조에게 전달해 두었습니다. 어차피 교대할 사람인데, 말 한마디 전달하는 거 어렵지 않잖아요."

설무백은 어련하겠나 싶어서 그저 손을 내저으며 앞선 질문을 거듭했다.

"근데, 뭐가 그리 궁금하다는 거야? 나야 밖에 있었으니 그렇지, 다들 풍잔에 있으면서 지켜봤을 거잖아?"

제갈명이 새삼 히죽 웃으며 고개를 저었다.

"그게 그렇지가 않거든요."

얄궂게 일그러진 그의 시선이 슬쩍 검노와 환사, 천월 등을 일별하며 속삭였다.

"그간 얼마나 철저히 숨겼다고요. 하다못해 쟤들의 거처를 따로 마련해 주는 바람에 위화감을 조성한다는 말까지 돌고 있을 정도입니다."

설무백은 검노를 쳐보았다.

"이게 무슨 말이에요?"

검노가 대답 대신 시선을 예충에게 돌렸다.

설무백은 예충을 바라보았다.

이번에는 예충의 시선이 환사와 천월에게 돌아갔다.

환사가 멋쩍게 입맛을 다시며 말했다.

"사실은 그 반대입니다. 위화감을 조성한 것이 아니라 위화감을 조성하지 않으려고 그랬던 겁니다."

설무백은 선뜻 이해할 수 없어서 절로 고개를 갸웃했다.

천월이 눈치 빠르게 그걸 간파하며 환사의 말을 받아서 부연했다.

"애들의 성장이 너무 빨랐습니다. 그냥 적당히 빠른 것이 아니라 다른 녀석들이 위화감을 느낄 정도로 빨라서 따로 떨어트려 놓을 필요가 있다고 판단했습니다."

설무백은 이제야 납득하며 고개를 끄덕이고는 제갈명을 노려보며 눈을 부라렸다.

"저걸 몰랐다고, 네가?"

제갈명이 찔끔 자라목을 하며 대답했다.

"그게 짐작은 했지만, 정말 사실인지 어떤지는 확인할 길이 없어서……."

그는 이내 헤벌쭉 웃으며 그들의 뒤를 따라서 풍무관으로 몰려드는 풍잔의 요인들을 가리키며 넉살을 부렸다.

"보십시오. 저만 그런 게 아닙니다. 다들 저와 같은 심정으로 주군의 뒤를 따라온 겁니다."

설무백은 꼬리를 물고 줄줄이 풍무관으로 들어서는 사람들을 보자 절로 말문이 막혔다.

따지고 보면 그리 나쁜 일도 아니라는 생각이 들기도 했다.

어떤 이유에서든지 간에 풍잔의 내부에 위화감이 조성되는 것은 바라는 바가 아니나, 그보다 더 좋지 않은 것은 풍잔의 내부에서 서로가 서로를 믿지 못하는 불심감이 팽배하는 것이었다.

차라리 그럴 바에야 그게 무엇이든 모두에게 숨기지 않고 밝히는 것이 백배 나았다.

"그 말을 들으니 정말 기대가 되네."

설무백은 픽 웃으며 한마디 흘리는 것으로 주위를 환기시키며 풍무장의 한쪽에 자리를 잡고 섰다.

제갈명이 이때다 싶은 표정으로 바뀌더니 재빨리 그의 곁에 서며 넌지시 물었다.

"근데, 무일 저 아이는 대체 왜 부른 겁니까?"

"몰랐나?"

"예? 뭘요?"

"아니다."

설무백은 가볍게 웃는 낯으로 손을 내저으며 말을 자르고 어느새 그의 면전으로 나서서 보란 듯이 횡으로 늘어선 요미와 비풍, 동곽무, 단예사, 그리고 역시나 여전히 숫기가 없어서 소침한 표정으로 눈치를 보는 무일을 둘러보았다.

"다들 자신이 만만하네?"

요미와 비풍은 늘 그렇듯 웃는 낯으로, 동곽무와 단예사는 신중한 기색 속에 드러난 희미한 미소로 설무백의 말이 사실임을 드러냈다.

오직 무일만이 특유의 소침한 얼굴로 이마의 땀을 닦으며 쑥스러워하고 있었다.

설무백은 기분 좋은 안색으로 그들을 둘러보며 물었다.

"누가 먼저 나서 볼 테냐?"

비풍이 반색하며 반문했다.

"주군이 상대해 주는 건가요?"

"봐서."

"예?"

"너희들의 실력을 보고 나서 생각해 보겠다는 소리다."

"아……!"

비풍이 실망스러운 기색으로 입맛을 다셨다.

설무백은 못내 실망스러웠다.

전과 비교해서 조금도 변하지 않은 여전한 자만이 느껴졌다.

그런데 그게 아니었다.

곧바로 이어진 그의 질문에 대한 대답이 전과 비교할 수도 없이 달라진 비풍의 변화를 말해 주었다.

"그래서 네가 먼저 나설 거냐?"

"아니요. 이제 이런 건 다 요미가 결정합니다. 그녀가 실력으로 정해진 우리의 수장이니까요."

설무백은 내심 고개를 끄덕이며 요미에게 시선을 주었다.

그의 시선을 받은 요미가 빙그레 웃으며 말했다.

"다들 고만고만하니 비풍이 먼저 나서는 것으로 할게요."

설무백은 왠지 자신이 시험해 보는 것이 아니라 시험당하는 것 같았으나, 그리 나쁜 기분은 아니었다.

무공을 수련하는 자들이 서로 간에 서열을 정하는 것은 구대 문파를 위시한 거의 모든 무림의 방파들이 보다 원활한 수련을 위해 활용하는 방법이다.

역사와 전통을 자랑하는 강호의 방파들이 세대 간의 차이와 무관하게 항렬을 따져서 제자들을 수용하는 이유도 그런 맥락이다.

"백영!"

"옙!"

설무백은 자신의 부름에 짧고 힘 있게 대답하며 한무릎을 꿇은 모습으로 홀연히 면전에 나타난 백영을 바라보며 싱긋 웃었다.

혹시나 했는데, 다행히 원하던 녀석이 나타났다.

격앙된 목소리하며, 과장된 동작하며 영락없이 실력을 보일 수 있다는 생각에 마음이 들뜬 백가환의 태도였다.

백영의 또 다른 자아인 백가인이라면 이렇듯 호쾌하고 기세등등한 모습을 보일 수 없었다.

"너라서 다행이다. 비풍만이 아니라 너도 얼마나 늘었는지 보려는 거니까, 최선을 다해 봐라. 물론 죽고 죽이지 않는 선에서. 할 수 있지?"

"옙!"

백영이 두 말하면 잔소리라는 듯 즉시 대답과 동시에 당차게 일어나서 이미 저만치 앞에 나서 있던 비풍과 대치했다.

동시에 웅성거리던 장내가 조용해졌다.

장내의 모두가 약속한 듯 호기심 어린 눈빛만 빛내며 숨소리조차 죽이고 있었다.

백영이 그에 아랑곳하지 않고 상대, 비풍에게 먼저 공수했다.

"나는 백영이다."

비풍이 무언가 알겠다는 듯한 표정으로 고개를 끄덕이며 마주 공수했다.

"저는 비풍입니다. 그리고 저 역시 그쪽이라서 다행이라고 생각해요. 가인이라는 분이었으면 좀 시시했을 테니까."

백영이 실소했다.

"뭘 모르는구나, 너? 나도 나지만 가인이었으면 네가 할 수 있는 것이 더욱 없었을 거다. 그 녀석은 나와 달리 워낙 진지해서 이런 걸 즐길 줄 모르거든."

비풍이 냉정하게 가라앉은 눈빛으로 백영을 바라보았다.

"저 같은 건 마음만 먹으면 언제든지 제압할 수 있다고 생각하는 모양인데, 쉽지 않을 걸요?"

백영이 웃었다. 비웃음이었다.

"나이 차이를 떠나서 너는 집을 지키고 있는데, 나는 주군의 곁을 지키고 있다는 것이 너와 나의 차이를 말해 주는 거라고 생각하지 않냐?"

비풍이 곱지 않게 일그러진 눈초리로 백영을 노려보았다.

백영이 하하 소리 내서 웃었다.

"다른 건 잘 모르겠고, 감정을 속이지 못하는 건 나와 같아서 마음에 든다. 에라, 기분이다. 선수를 양보할 테니까 먼저 와라."

"그 여유를 후회하게 만들어 주죠!"

비풍이 조금도 망설이지 않고 득달같이 달려들며 손을 몽둥이처럼 휘둘렀다.

신속한 쇄도 속에 빠르게 휘둘러진 그의 수도(手刀)가 희뿌연 섬광을 동반하며 거칠게 공기를 갈랐다.

측면에서부터 백영의 목을 노리는 일격이었다.

장내의 누군가 탄성을 질렀다.

"소림 반선수(盤禪手)!"

백영이 눈을 빛내며 옆으로 미끄러졌다.

간발의 차이를 두고 다가온 비풍의 수도가 방금 전까지 백영의 목이 자리했던 공간을 매섭게 가르고 지나갔다.

비풍이 헛손질에 낙심하기는커녕 오히려 기다렸다는 듯 수도의 방향을 틀어서 백영을 따라갔다.

바람처럼 유연한 신법, 와중에 그의 수도가 가볍게 오므려지며 둥그렇게 말리며 서너 개로 늘어나는 것 같은 환상을 일으켰다.

누군가의 입에서 다시금 탄성이 터졌다.

"무당 대솔비수(大率碑手)?"

백영이 이번에는 피하지 않고 마주 손을 내밀어서 서너 개로 변한 비풍의 손바닥을 마주쳤다.

펑—!

폭음이 터지며 바닥이 진동했다.

손을 마주친 백영과 비풍의 신형이 기우뚱 흔들리며 뒤로 밀려 나갔다.

먼저 중심을 잡은 사람은 백영이었다.

"얍!"

시종일관 냉소를 머금고 있던 그의 입술이 단단하게 눌려진다 싶더니, 그의 신형이 무섭게 반전하고, 그에 앞서 앞으로 내밀어진 그의 장심이 아지랑이처럼 이글거리는 기운에 휩싸였다.

다시금 누군가 탄성을 발했다.

"오, 저게 바로 '눈에 보이지 않는다고 해서 없는 것이 아니다'라는 음양쌍벽의 음정신공에 기인한 백골투심장(白骨透沁掌)인가?"

강호인이라면 음정신공을 모르는 사람은 있을지 몰라도 백골투심장을 모르는 사람은 드물었다.

과거 음양쌍벽의 악명은 거의 다 음경(陰勁)이자, 침투경(浸透勁)인 백골투심장에 의해 만들어지고 또 지켜진 것이었기 때문이다.

비풍도 그걸 아는 것 같았다.

흠칫 놀란 눈빛을 드러낸 그는 본능처럼 뒷걸음질 치며 대뜸 비명과도 같은 날카로운 괴성을 질렀다.

"끼아아악!"

동시에 강맹한 기운을 담은 비풍의 쌍수가 앞으로 길게 내밀어졌다.

반격이 아니라 방어였다.

앞으로 내밀어진 그의 손바닥이 다닥다닥 붙은 수십 개의 분신을 만들어 내며 부챗살처럼 펼쳐지고 있었다.

이번에도 어김없이 누군가의 입에서 터진 탄성이 장내를 가로질렀다.

"아미 항마후(降魔吼)에 이은 항룡복마신장(降龍伏魔神障)!"

전에 없이 흥미롭게 백영과 비풍의 비무에 집중하고 있던 설무백은 이제 더는 참지 못하고 쌍심지를 곧추세우며 제갈명을 돌아보았다.

계속해서 빽빽거리며 탄성을 내지른 것이 바로 제갈명이었던 것이다.

그러나 그보다 더 분노한 사람이 있었다.

"너 이 자식 입 닥치고 가만히 안 있을래?"

환사가 사납게 제갈명의 뒷덜미를 움켜잡고 짓눌러 바닥에 철퍼덕 엎어지게 만들었다. 그리고 입을 그의 귓가에다가 대고 빠드득 이를 갈았다.

"지금 여기서 비풍 저 아이가 잘난 도둑 할아비 덕분에 어지간한 강호의 무공은 말할 것도 없고, 구대 문파의 절기까지 섭렵했다는 것과 백영이 음양쌍벽의 후예라는 것을 모르는 사람이 어디에 있다고 이리 지랄발광이냐!"

그는 제갈명의 뒷덜미를 움켜잡은 손에 한층 더 힘을 가하며 경고했다.

"너 앞으로 한마디만 더 알은체를 했다간 그 잘난 주둥이가 철심으로 꿰매질 줄 알아!"

"에구구, 알았어요! 알았으니까, 이 목 좀 놔 줘요! 부러질 것 같다고요!"

제갈명이 죽어 가는 목소리로 악을 쓰며 사정사정했다.

그때!

꽈쾅—!

벽력과도 같은 폭음이 터졌다.

풍무관 전체가 부르르 진동하는 와중에 백영과 비풍의 신형이 저마다 팽팽하게 당겨지던 고무줄이 끊어진 물체처럼 뒤로 튕겨 나갔다.

그들의 비무가 그렇게 끝났다.

백영은 비틀거릴망정 이내 중심을 잡고 바로 섰으나, 비풍은 그대로 나가떨어졌던 것이다.

백영의 승리였다.

본의 아니게 간발의 차이로 그 순간을 보지 못한 환사가 불타는 눈빛을 드러내며 손아귀로 잡고 있던 제갈명의 뒷목을 잡아서 높이 쳐들었다.

"이 자식 때문에……!"

제갈명이 빌고 또 빌며 죽어라 악을 썼다.

"에구구, 아니에요! 자시만 참으면 됐잖아요! 저는 조용히 하라고 해서 조용히 했어요! 그 말 듣고 나서는 정말 입 다물고 아무 말도 하지 않았다고요! 정말이잖아요!"

"오……!"

환사가 한 손으로 목을 잡아서 높이 쳐든 제갈명을 한 대 치려다가 말고 다시 때리려다 그만두는 사이, 설무백은 절로 고개를 끄덕이며 감탄하고 있었다.

환사가 보지 못한 백영과 비풍의 마지막 격돌을 그는 정확히 보았던 것이다.

환사가 울컥해서 한눈을 팔며 제갈명을 붙잡고 늘어진 순간이었다.

비풍의 선제반격인 아미 항마후를 무시하고 쇄도한 백영의 백골투심장이 항룡복마신장에 작렬했다.

그것도 한 번이 아니라 두 번이었다.

백영은 백골투심장을 연환격으로 사용할 수 있었던 것인데, 비풍의 방어인 항룡복마신장은 선두의 백골투심장은 막아 냈으나, 간발의 차이로 연이은 두 번째 백골투심장은 막아 내지 못했다.

결국 항룡복마신장의 기운은 흩어지고 백골투심장의 여력은 비풍의 가슴을 때렸다.

그냥 백골투심장이 아니라 백골투심장의 여력이라고 하는 것은 백영이 마지막 순간에 거의 대부분의 내공을 거두었기 때문이다.

설무백은 다른 무엇보다도 이게 놀라워서 절로 감탄했다.

그게 무엇이든 이미 펼친 기공의 힘을 거두는 것은 절정의 고수도 결코 쉬운 일이 아니었고, 지난날의 백영이었다면 결코 가능하지 않았을 일이었다.

하지만 오늘의 백영은 그게 가능했다.

'이게 실전의 효과인 건가?'

백영은 그동안 따로 무공을 수련한 적이 없었다.

바쁘게 움직이는 설무백을 따라다니느라 그럴 시간이 주어지지 않았다.

그런데 오늘의 백영은 지난날의 백영과 비교할 수 없이 성장해 있었다.

직접 나서서 싸운 적은 별로 없지만, 혈영 등의 싸움을 곁에서 지켜보며 배우고 익힌 실전의 효과라고밖에 달리 설명할 길이 없었다.

명성이야 익히 들어서 잘 알고 있었지만, 우습도록 형편없는 이름을 가진 백골투심장의 위력이 이처럼 대단할 줄도 미처 몰랐던 일이고 말이다.

설무백은 흐뭇한 마음으로 고개를 끄덕이며 백영과 비풍을 번갈아 보았다.

"잘했다. 둘 다 기대 이상의 성과라 매우 기쁘다."

거칠고 도발적인 성격이 되바라지게 보일 정도인 백영의 한쪽 자아 백가환은 생각과 달리 많이 조숙해졌고, 자신감이 지나쳐서 거만한 사고뭉치라고 생각하던 비풍은 의외로 단순하고 순진한 구석이 있었다.

설무백의 칭찬을 듣자, 백영은 그저 묵묵히 고개를 숙이며 물러난데 반해 비풍은 언제 패배의 쓰라림에 고개를 숙이고 있었냐는 듯이 밝게 웃으며 가슴을 두드리며 신나했다.

"장담하는데, 다음번에 쓰러지는 건 제가 아닐 겁니다!"

"기대하마."

설무백은 그야말로 자라나는 새싹을 밟고 싶지 않아서 한마디 부추김을 더하고는 뒤쪽에 대기하고 있던 요미 등을 둘러보았다.

"다음은 누구?"

요미의 시선이 동곽무에게 돌려졌고, 그녀의 시선을 받은 동곽무가 허리에서 보통의 검보다 조금 가늘고 길쭉한 유엽검(柳葉劍)를 뽑아 들며 앞으로 나왔다.

"접니다."

설무백은 의외라는 표정으로 물었다.

"봉혈폐맥(封六閉脈)의 금제수법을 풀어낸 지가 불가 얼마 되지 않았는데, 괜찮겠냐?"

동곽무가 낭창거리는 유엽검을 휙휙 소리나게 좌우로 흔들어 보이며 퉁명스럽게 대꾸했다.

"특별 취급 받는 건 싫습니다. 그리고 이제야 말씀드리지만, 봉혈폐맥으로 내공을 금제당하고 있을 때도 머리로는 항상 초식을 연마하고 있어서 그리 보기 흉할 정도는 아닐 겁니다."

"대단한 자부심이네?"

"그냥 사실을 말씀드리는 것뿐입니다."

동곽무는 어디까지나 냉정해지려고 애쓰는 모습이었다.

다른 누군가에게, 특히 설무백에게 자신의 무공을 선보인다는 생각에 어쩔 수 없이 긴장되는 감정을 애써 억누르고 있는 것이다.

설무백은 못내 그게 마음에 들어서 흐뭇하게 고개를 끄덕이며 흑영을 불렀다.

"흑영!"

"옙!"

대답과 동시에 흑영이 유령처럼 홀연하게 설무백의 면전에 나타났다.

언제부턴가 이마에 두른 영웅 건부터 시작해서 전신을 온통 먹물처럼 검은 의복으로 차려입고 오른쪽 소매를 어깨부근에서 질끈 묶은 흑영의 모습은 그야말로 유령처럼 서늘한 느낌을 주었다.

설무백은 그와 상관없이 넌지시 말했다.

"죽지만 않게. 알겠지?"

흑영이 히죽 웃었다.

동곽무를 죽지만 않게, 그야말로 사력을 다하게 만들라는 설무백의 지시를 제대로 알아들은 표정이었다.

"알겠습니다."

즉시 대답한 흑영은 뚜벅뚜벅 앞으로 걸어 나가서 동곽무와 대치했다.

동곽무는 제법 거리가 떨어진 위치라 설무백의 목소리를 듣지 못했으나, 기본적으로 더 없이 매섭고 예리하게 굳어져 있었다.

설무백의 말과 상관없이 최선을 다하겠다는 의지가 엿보이는 것이다.

흑영은 그걸 느낀 듯 기분 좋은 미소를 지으며 손가락을 까딱였다.

"덤벼라."

동곽무가 흑영과 시선을 마주한 채 수중의 유엽검을 자연스럽게 사선으로 내리며 말했다.

"검을 뽑으시죠?"

흑영은 입가의 미소를 한결 짙게 드리우며 고개를 저었다.

"관둬라. 모르고 있었나 본데, 내 검은 뽑히는 순간부터 일초(一招)다."

동곽무가 더는 말하지 않고 가늘게 좁힌 눈가로 흑영을 주시했다. 그리고 한순간 단칼에 밑동이 베어진 통나무처럼 옆으로 쓰러지며 바닥에 누워 버렸다.

제갈명이 탄성을 내질렀다.

"취팔선보(醉八仙步)!"

환사가 기다렸다는 듯 갈고리처럼 변한 손으로 제갈명의 뒷목을 찍어 눌렀다.

"한 번만 더 알은체하면 철심으로 주둥이를 꿰매 버린다고 했지!"

"악! 자, 잘못했어요! 살려 줘요!"

제갈명이 비명을 지르며 두 손을 싹싹 빌었다.

그사이에 바닥에 드러누웠던 동곽무의 신형이 오뚝이처럼 측면으로 비스듬히 돌아가며 일어나고, 수중의 유엽검이 검극의 방향을 알 수 없게 낭창거리며 흑영을 찔러 들었다.

취팔선보에 이은 취우검의 일초식이었다.

느긋하게 동곽무의 움직임을 지켜보던 흑영의 눈빛이 예리하게 좁혀지고, 그의 손이 검 자루를 잡아갔다.

순간, 달무리를 닮은 반월형 섬광이 펼쳐지며 측면에서부터 쇄도하는 동곽무의 유엽검을 막았다.

채챙-!

날카로운 쇳소리가 울렸다.

불똥이 튀고, 부러져 나간 검기가 비산했다.

흑영의 상체가 뒤로 휘청거렸다.

강력한 격돌의 여파에 밀려서 중심을 잃은 것이었다.

"윽!"

반면에 동곽무는 억눌린 신음과 함께 사납게 튕겨지는 수중의 유엽검을 가슴 앞으로 당기며 뒤로 쓰러졌다가 이내 다시금 오뚝이처럼 측면으로 휘돌며 일어났다.

취팔선보의 투로를 활용해서 격돌의 여파를 죽이며, 정확히는 직선인 반탄력을 곡선인 회전력으로 바꾸어서 가하는 반격이었다.

가슴으로 당긴 그의 유엽검이 섬광처럼 빠르게 펼쳐지고 있었던 것이다.

그러나 격돌의 여파로 잠시 흔들린 흑영은 이미 중심을 잡은 채 기다리고 있었고, 수중의 검을 측면에 세워서 동곽무의 유엽검을 막아 가는 그의 방어에는 충분한 여유가 있었다.

챙-!

검과 검이 충돌하며 거친 쇳소리가 울리고, 치열한 불똥과 조각난 검기가 사방으로 튀었다.

그리고 그들, 두 사람의 신형이 저마다 누군가 뒤에서 당긴 것처럼 빠르게 떨어져 나갔다.

다행히 이번에는 제갈명의 뒷목을 찍어 누르는 와중에도 그들에게서 시선을 떼지 않았기 때문에 눈 깜짝할 사이에 지나간 첫 번째 공방에 이어 곧바로 두 번의 공방까지 정확히 지켜보고 있던 환사는 그 순간에 가만히 고개를 끄덕였다.

"역시……!"

동곽무는 아직 흑영의 상대가 아니었다.

흑영이 나름 적당한 힘 조절을 하고 있음에도 불구하고 동곽무는 감당하지 못하고 있었다.

흑영이 그 자신의 의지에 따라 물러나고 있는 것에 반해, 동곽무는 격돌의 여파를 감당하지 못하고 튕겨 나가고 있음을 그는 쉽게 알아볼 수 있었다.

"아, 정말! 이제 그만 놔 줘요, 정말!"

바닥에 코를 처박고 있는 제갈명의 울부짖음이었다.

거대흑도巨大黑道 (3)

같은 시간, 어딘지 모를 대청으로 옮겨진 금혼살은 온갖 손짓발짓을 동원해서 천살과 지살과 소통하고 있었다.

정확히는 기회를 엿보다가 도주하자는 자신의 생각을 밝히고, 그들의 생각을 확인하는 중이었다.

기실 천살과 지살은 풍잔으로 오는 내내, 그리고 풍잔에 도착해서도 전에 없이 속내를 드러내지 않아서 금혼살의 속을 태웠다.

그러던 차에 우연찮게도 다행스럽게 그들만 같이 있는 시간이 생겼기에 결정을 내리려는 것이다.

그러나 아쉽게도 어렵사리 찾아온 그들만의 시간이 있으나마나하게 되어 버렸다.

천살과 지살이 왠지 모르게 속내를 전혀 드러내지 않았다.

금혼살은 혹시나 하는 마음에 분명히 말을 알아듣는다는 것을 알면서도 굳이 부족한 수화(手話)까지 총동원하며 천살과 지살을 어르고 달랬으나, 소용없었다.

속에서 천불이 나서 미치고 팔딱 뛰게도 천살과 지살은 요지부동이었다.

얼추 한시진이 넘도록 붙잡고 늘어지며 애걸복걸 다했지만, 천살과 지살에게서 들은 대답은 오직 하나뿐이었다.

─도주할 때 도주하더라도 지금은 조금 더 시간을 두고 지켜봐야 할 것 같습니다.

도대체 무엇을 위해서 누구를 조금 더 시간을 두고 지켜보겠다는 것일까?

그것만이라도 말해 주었으면 좋겠는데, 천살과 지살은 더는 아무런 말을 하지 않은 채 돌부처가 되어 버렸다.

금혼살은 그야말로 미치고 환장할 것 같았지만, 더 이상 닦달할 수 없었다.

겪어 봐서 알고 있었다.

천살과 지살은 일단 마음을 정하면 하늘이 두 쪽 나도 절대 바뀌지 않았다.

지금으로서는 속이 썩어문드러져도 어쩔 수 없었다.

천살과 지살이 나름의 결정을 내릴 때까지 기다리는 것이 상책이었다.

금혼살이 애써 마음을 다잡고 심호흡을 하고 또 하며 울분을 달래고 있을 때였다.

　어쩔 수 없이 어색해진 분위기 속에 잠겨 있던 대청의 문이 열리며 두 사람이 안으로 들어섰다.

　일남일녀, 방립을 깊이 눌러쓴 사내와 제법 뛰어난 미색을 가진 방년(芳年)의 계집애였다.

　그런데 곱상하게 생긴 계집애의 성질머리가 영 글러먹었다.

　대청 안에 있던 그들을 훑어보며 대뜸 하는 말이 그것을 대변했다.

　"못 보던 자들이네? 뭐 하는 자들이야, 니들은?"

　금혼살은 웃었다.

　분노와 기쁨이 뒤섞인 웃음이었다.

　안 그래도 참기 어려운 감정을 억누르느라 전전긍긍하고 있던 참인데, 이거야말로 울고 싶은 아이의 뺨을 때려 주는 격이 아닌가.

　"이런 미친년이……!"

　금혼살은 대번에 반응해서 손을 쳐들었다.

　아무리 그래도 계집애를 죽이겠다거나, 어디 한군데 뼈를 부러트려서 병신을 만들겠다는 생각 같은 것은 추호도 가지고 있지 않았다.

　아무리 화가 났어도 상대는 여자다.

　하물며 그는 남의 집에 붙들려 있는 주제다.

언감생심 어찌 그럴 수는 일이었다.

다만 계집애가 먼저 시비를 걸었으니, 호되게 뺨 한 대 갈기는 것 정도는 괜찮을 것이다.

그는 그렇게 생각하는 것만으로도 조금 화가 풀려서 적어도 울화병은 걸리지 않을 것 같았다.

하지만 어째 상황이 묘했다.

계집애의 반응이 예사롭지 않았다.

반사적으로 손을 쳐들어 허공에서 덮쳐 오는 그의 손을 막는 동작을 취하고 있었다.

누가 때리려고 하면 반사적으로 손을 쳐들어서 막는 동작이 아니었다. 그의 손을 보고 방어에 나선 손 속, 정확히 그의 손목을 잡으려는 동작이었다.

"어라?"

금혼살은 계집애의 의도를 파악하고 순간적으로 손 속의 변화를 주었다.

단순히 손을 들어서 상대를 때리려는 동작이 아니라 권법의 초식이 운용되었다. 자신의 손목을 잡으려는 그녀의 손목을 역으로 잡아채려는 초식이었다.

"어쭈?"

놀랍게도 계집애 역시 변화한 그의 손 속에 맞추어 현란하고도 신속하게 손을 움직였다.

그의 손 속을 살짝 피해서 옆으로 흘리고, 한순간 길게 뻗어 내서 가슴팍으로 파고드는 초식의 변화였다.

"어?"

금혼살은 그제야 이게 아니다 싶어서 전신의 내력을 끌어 올리고 손을 당겨서 독 오른 독사처럼 가슴으로 파고드는 계집애의 손을 막았다.

간신히 막아 낼 수 있었다.

이어서 그는 공방일체의 묘리에 따라 막아낸 계집애의 손을 슬쩍 옆으로 쳐 낸 다음, 역으로 길게 손을 뻗어 내서 계집애의 명치 바로 아래 복부를 노렸다.

명치를 노릴 수도 있었으나, 상대는 계집애, 즉 여자인지라 애써 크게 양보한 출수였다.

그런데 그때였다.

퍽–!

금혼살은 둔탁한 타격음과 함께 뻗어 내던 손을 그대로 멈추었다.

멈출 수밖에 없었다.

사타구니에서부터 필설로 이루다 표현할 수 없이 강렬한 고통의 열기가 치솟아 올라서 손은커녕 손가락 하나 꼼짝할 수 없었다.

순간적으로 전신이 마비되어 버린 느낌이었다.

계집애가 그런 그를 삐딱하게 쳐다보며 마치 그의 고통을 대신 느끼는 것처럼 오만상을 찡그리며 말했다.

"노인네 좀 아프겠다. 그지?"

금혼살은 절로 크게 벌어지는 입을 손으로 막고 부들부들 떨며 천천히 아래를 내려다보았다.

자신의 사타구니에 박혀 있는 계집의 발목이 그의 시야 가 득 들어왔다.

계집애가 손과 손의 공방이 오가는 사이, 그의 낭심(囊心)을 걷어찼던 것이다.

"끄으……!"

입은 크게 벌어졌으나, 비명은 나오지 않고 억눌린 신음과 게거품만 새어 나왔다.

당해 본 사람은 안다.

누구나 그럴 수밖에 없다.

계집애가 그 고통을 충분히 한다는 듯 고개를 끄덕이며 그 의 사타구니에 꽂혀 있던 발을 슬며시 뺐다.

금혼살은 그제야 한 손은 엄지를 뺀 나머지 손가락을 전부 크게 벌어진 입에 넣어서 깨무는 것으로 터지는 비명을 막 고, 다른 한손은 사타구니를 감싼 채 그대로 무너지듯 쪼그 려 앉으며 바닥에 머리를 처박았다.

전신이 불타서 죽는 것 같은 고통 속에 서서히 정신이 나 가는 혼절이었다.

사내의 낭심을 공격하는 것은 강호의 지랄 맞은 흑도도 좀 처럼 사용하지 않는 방법이었다.

금혼살은 그런 비열한 방법을 설마하니 또랑또랑한 눈빛을 가진 계집애가 서슴없이 사용할 줄은 정말이지 상상도 하지 못했기 때문에 속절없이 당할 수밖에 없었다.

"이런 늦었네."

금혼살이 무너지듯 스르르 고꾸라져서 바닥에 머리를 처박고, 별다른 생각 없다는 듯 심드렁하게 지켜보던 천살과 지살이 깜짝 놀라서 두 눈을 크게 떠서 놀라움을 드러내는 순간이었다.

대청 밖에서 허겁지겁 뛰어 들어온 다부진 인상의 사내, 광풍십삼랑 토웅이 장내의 상황을 보고는 난감해하고, 이어서 들어온 서글서글한 중년인, 구익조가 끌끌 혀를 차며 한숨을 내쉬었다.

"어휴, 그새를 못 참고……!"

금혼살의 낭심을 걷어찬 계집애, 바로 철마립과 함께 난주 외각을 순찰하고 돌아온 화사는 미간을 찌푸린 채 자신의 발등을 주무르고 있었다.

"뭔 놈의 불알이 이리 단단해. 발등 깨지는 줄 알았네."

화사는 그러다가 다급히 뛰어 들어와서 한마디씩 하는 토웅과 구익조의 태도를 보고는 자신이 무언가 실수했다고 생각하고 사내처럼 머리를 긁적이며 바닥에 엎어진 금혼살과 놀라서 눈치를 보고 있던 천살과 지살을 둘러보았다.

"왜 그래요? 뭔데요, 이자들?"

구익조가 슬며시 그녀를 외면하고 돌아서서 토옹의 어깨를 두드리며 밖으로 나갔다.

알아서 잘 설명해 주라는 태도였다.

토옹은 이런 일에 익숙하지 않은지 붉어진 얼굴로 진땀을 흘리며 말을 더듬었다.

"그, 그게 이들은 마정의 천기칠살입니다. 게거품을 물고 쓰러진 이 사람은 금혼살이고, 저기 저 당황한 눈빛으로 화사 여협을 쳐다보는 두 사람은 천살과 지살이라는데, 주, 주군께서 데려왔습니다."

화사가 묘하다는 투로 토옹을 물끄러미 바라보다가 불쑥 물었다.

"너 나 좋아하냐?"

토옹이 기겁하며 펄쩍 뛰었다.

"아, 아닙니다! 무, 무슨 그런 말도 안 되는 말을……!"

"그게 아닌데 뭘 그리 잔뜩 긴장해서 말까지 더듬어?"

"아, 그게 구익조 령주께서 갑자기 제게 말하라고 떠미니까 놀라서 그만……!"

"어휴, 놀랄 것도 많다 정말. 아무튼, 그건 그렇고."

화사가 별걸 다 놀란다는 듯이 눈총을 주고는 이내 금혼살과 천살, 지살을 둘러보며 고개를 갸웃거렸다.

"마정의 천기칠살이라면 일곱 명이잖아. 나머지는 어디가고 애들만 여기 있는 거지?"

"아, 그게, 그러니까⋯⋯."

토웅이 애써 긴장을 누르고 침착한 목소리로 말문을 열어서 설무백과 천기칠살이 만나게 된 경위와 그 과정에서 천기칠살의 넷이 죽은 사연을 설명해 주었다.

설명을 다 들은 화사가 울컥하며 쌍심지를 곧추세웠다.

"뭐야? 감히 주군을 노렸어?"

그녀는 혼절해서 바닥에 엎어진 금혼살과 묘한 태도로 눈치를 보고 있는 천살과 지살을 잡아먹을 듯이 사납게 노려보며 두 팔을 걷어붙였다.

"이것들 이거, 다 죽어도 싼 놈들이잖아!"

"아, 아니⋯⋯!"

토웅이 재빨리 그녀를 잡으려는 찰나, 철마립이 그에 앞서 그녀의 앞을 막으며 말했다.

"주군께서 용납하고 데려온 자들이다. 너나 나나 그래서 지금 여기 이 자리에 있다는 사실을 벌써 잊은 거냐?"

"⋯⋯!"

화사가 느끼는 바가 컸던지, 슬며시 손을 내리고 쩝쩝 입맛을 다시며 물러났다.

"하긴, 그게 또 그렇게 되네. 그런데 다들 어디 가고 이렇게 조용한 거야?"

한시름 놓은 표정으로 물러나던 토웅이 깜빡했다는 듯 서둘러 다시 나섰다.

"풍무관으로 가시죠. 안 그래도 오시면 바로 그쪽으로 모시라는 명령을 받았습니다."

화사가 슬쩍 금혼살과 천살, 지살을 돌아보았다.

"이 사람들은?"

토웅이 당황했다.

"저들에 대해서는 따로 지시받은 사항이 없어서……."

화사가 잠시 생각하는 듯하다가 이내 철마립을 쳐다보며 말했다.

"데려가지? 보아하니 어차피 한 식구가 될 모양인데, 괜히 여기 두고 따돌릴 필요는 없잖아?"

철마립이 대수롭지 않게 동의했다.

"그럴까 그럼?"

토웅은 갑작스러운 상황에 놀라서 다급히 끼어들었다.

"그게 지금 풍무관에서는……!"

"알아, 알아!"

화사가 잘라 말했다.

"내가 주군을 몰라서. 오랜만에 돌아오셨으니 당연히 애지중지하던 애들이 얼마나 컸나, 궁금해서 자리를 마련한 거겠지. 괜찮아. 그게 어때서? 어차피 한 식구가 될 사람들인데 그거 좀 보면 어디가 덧나?"

토웅이 말문이 막혀 버린 표정으로 괜한 눈만 깜빡거렸다.

화사가 그사이 혼절해서 바닥에 엎어져 있는 금혼살의 옆구리를 아프게 걷어찼다.

퍽-!

"윽!"

둔탁한 소음과 함께 금혼살이 정신을 차리며 놀란 토끼처럼 발딱 일어났다가 곧바로 다시 쪼그리고 앉았다.

사내의 가장 중요 부위인 그곳의 통증은 제아무리 무림의 고수라도 그리 쉽게 가라앉는 것이 아니었다.

"에구구……!"

화사는 두 손으로 사타구니를 부여잡고 앓는 소리를 내는 금혼살을 내려다보며 히죽거렸다.

"노인네 엄살은……!"

"뭐, 뭐야? 엄살……?"

금혼살은 식은땀을 뻘뻘 흘리며 이를 악물고 일어나서 화사에게 삿대질을 하며 이를 갈았다.

"너, 이 계집애, 지금 내가 누군 줄 알고 감히 그 따위 언사를……!"

화사가 듣기 싫다는 듯 인상을 쓰며 손을 내저었다.

순간, 소매 속에서 뻗어나간 백색의 광체가 삿대질을 하고 있던 금혼살의 소매를 썩둑 자르고 지나갔다가 반원을 그리며 돌아서 그녀가 내밀고 있던 손의 소매 속을 회수되었다.

"……?"

금혼살은 너무 당황해서 그저 그대로 굳어졌다.

그로서는 대체 방금 무슨 일이 벌어진 건지도 제대로 파악하기 어려웠다.

그야말로 눈 깜짝할 사이에 지나가 버린 순간의 일, 바로 그가 나중에 알기 되는 절대암기 비환의 신위였다.

화사가 그런 금혼살을 향해 싱긋 웃으며 말했다.

"노인네 어떻게 할래? 지금 잠시 데려갈 곳이 있는데, 조용히 따라올래, 아니면 그냥 지금 한 푸닥거리 하고 여기서 있을래?"

금혼살이 꿀꺽 소리가 나도록 침을 삼키며 슬며시 천살과 지살의 쳐다보았다.

천살과 지살이 가만히 고개를 끄덕였다.

이유 여하를 막론하고 일단은 그냥 감정을 누르고 참으라는 뜻이었다.

그는 다른 방법이 없어서 그대로 따랐다.

"가지. 간다."

화사가 활짝 웃고는 엉거주춤 서서 눈치를 보고 있던 토웅의 어깨를 사내처럼 두드렸다.

"가자."

토웅이 얼떨결에 돌아서서 길 안내를 시작했다.

화사가 경쾌한 발걸음으로 그 뒤에 붙었고, 철마립은 늘 그렇듯 무덤덤하게, 금혼살은 연신 주변의 눈치를 보며, 천살과 지살은 습관처럼 화사를 곁눈질하며 그 뒤를 따라서 풍무관으로 이동했다.

＊

　그때, 풍무관에서는 동곽무와 흑영의 비무가 막바지를 향해 치닫고 있었다.

　사실 짧은 시간에 이룩한 동곽무의 성과는 놀라웠다.

　느닷없이 드러눕고, 갑자기 일어나며, 벼락같이 다가들다가도 속절없이 물렀다가 어느새 통나무처럼 빳빳이 쓰러지듯 기대오는 것 같다가도 이내 비틀거리며 다시 물러나는 등, 당최 종잡을 수 없는 움직임을 보이는 그의 취팔선보는 실로 현란한 신법이었다.

　또한 취팔선보와 어울려서 바람에 흔들리는 갈대처럼 흐느적거리면서도 수레바퀴처럼 정교하게 맞물려 돌아가는 그의 취우검의 초식은 단언하건데 장내의 그 누구도 감히 쉽게 볼 수 없을 정도로 절묘한 검법이었다.

　그러나 아쉽게도 뒤늦게 내공에 입문한 동곽무는 기력이 달렸고, 그것은 부족한 검기의 발현으로 드러났다.

　그에 반해 흑영은 일찍이 검산에, 즉 태산파에 입문하기 전부터 상당한 내공을 다진 무인이었다.

　더 나아가서는 다양한 초식과 다대한 변식을 익히고 또 살피다가 종내에 한쪽 팔을 제물로 삼으면서까지 자신이 추구하는 검초를 완성한 검객이었다.

그런 흑영에게 있어 동곽무의 검법은 많이 부족했다.

아직 여물지 않아서 보기에는 좋지만, 먹을 수는 없는 과일처럼 매우 아쉬웠다.

그들의 비무가 생각보다 길게 이어진 것은 그 때문이었다.

흑영은 방어를 위주로 하며 적극적인 공세에 나선 동곽무의 투로를 이끌어 주었다.

그래서 그들의 비무는 비무가 아니라 지도에 가까웠다.

하지만 내공이 달리는 동곽무에게는 그마저 버거워서 이윽고 한계에 달했다.

"헉헉!"

동곽무는 숨이 턱에 차서 입을 벌리며 헐떡거렸다.

무인이 비무 도중에 입을 벌리고 헐떡거린다는 것은 그야말로 육체가 더 이상 움직일 수 없는 최악의 상황에 접어들었다는 뜻이었다.

그럼에도 불구하고 동곽무는 이를 악물고 비틀거리며 다가와서 수중의 검을 뻗어 내고 있었다.

단순히 비틀거리는 것이 아니라 상체로 원을 그리듯 좌우로 움직이는 취팔선보의 투로와 직선을 배제한 채 곡선을 그리며 휘둘러지는 취우검의 한초식을 연결한 공격이었다.

그 모습을 지켜본 흑영의 두 눈이 횃불처럼 이글거렸다.

동시에 무자비하게 휘둘러진 그의 검이 더 할 수 없이 날카로운 경기를 일으키며 그 자신과 다가드는 동곽무 사이를 하나로 연결하며 무섭게 울부짖다가 이내 섬광으로 폭발했다.

설명은 길었으나, 찰나의 순간에 명멸한 흑영의 절대검공, 월인의 신위였다.

동곽무는 무언가 느낀 듯 두 눈을 크게 부릅떴으나, 피하지도, 물러나지도 못했다.

그저 수중의 검을 높이 쳐드는 것이 그가 할 수 있는 최선이었다.

깡-!

거친 쇳소리가 울렸다.

흑영을 공격하던 동곽무의 검이 폭발한 섬광에 부러져 나가고, 그 여파에 휩쓸린 동곽무의 신형이 가랑잎처럼 저 멀리 날아가서 바닥에 나뒹굴었다.

이내 멈춘 동곽무가 피 흘리는 얼굴로 힘겹게 두 손으로 상체를 받치며 일어나려는 의지를 보이다가 그대로 엎어졌다.

혼절이었다.

모르는 사람이 보았다면 흑영의 대응을 너무 과하다 못해 무자비하다고 말할 테지만, 지금 풍무관에 있는 사람들 중에 그렇게 생각하는 사람은 아무도 없었다.

그저 침묵으로 고개를 끄덕이는 장내의 반응들이 그것을 대변했다.

다들 흑영이 끝까지 물러서지 않고 달려든 동곽무의 투지를 높이 평가하고 예우하는 차원에서 전력을 다해 마지막을 장식해 주었다는 것을 아는 것이다.

사문지현이 어느새 나서서 바닥에 쓰러진 동곽무의 상세를 살피고는 슬쩍 설무백을 보며 어깨를 으쓱했다.

걱정할 필요 없다는 의미였다.

설무백이 말했다.

"그럼 그냥 깨워."

사문지현이 주저하지 않고 동곽무의 뺨을 때렸다.

처음에는 가볍게 톡톡, 하지만 깨어나지 않자 철썩 소리가 나도록 호된 손길이 동곽무의 뺨에 가해졌다.

동곽무가 그제야 정신을 차리며 반사적으로 공격 혹은 방어의 자세를 취하다가 상대가 사문지현임을 알아보고는 두 눈을 깜빡이며 주변을 둘러보았다.

사문지현이 그런 그의 귀를 잡아당겨서 시선을 맞추며 물었다.

"내외상이 조금 있는데, 어떻게 할래? 지금 나가서 치료받을래, 아니면 버티다가 나중에 가서 치료할래?"

"창피하게 지금 가긴 어딜 가요?"

동곽무가 툴툴 거리며 자리를 털고 일어나서 비무 상대였던 흑영에 이어 설무백을 향해 꾸벅 고개를 숙여 보이고는 재빨리 벽을 따라 늘어선 구경꾼들의 자리로 끼어들었다.

사문지현이 웃는 낯으로 설무백을 향해 새삼 어깨를 으쓱하며 물러났다.

설무백도 그저 따라 웃고 말았다.

흑영이 그제야 검을 거두고 설무백을 향해 더 없이 정중하게 포권의 예를 취했다.

설무백은 가만히 고개를 끄덕이는 것을 답례를 대신하고는 요미에게 시선을 주었다.

"다음은?"

주변의 상황과 무관하게 생글거리는 요미의 시선이 곁에서 있는 단예사에게 돌아갔다.

단예사가 기다렸다는 듯 앞으로 걸어 나왔다.

"접니다."

설무백은 잠시 속으로 단예사의 상대로 누가 좋을지 골랐다.

그때 누군가 소리쳤다.

"주군, 저요! 저 녀석은 제가 한번 해 볼게요, 주군!"

화사였다.

그녀가 철마립과 단예사, 천살, 지살 등을 이끌고 풍무장의 안으로 들어서며 설무백을 향해 번쩍 손을 쳐들고 있었다.

거대흑도巨大黑道 (4)

설무백은 절로 미간을 찌푸렸다.

평소 화사가 조금 되바라지게 보일 만큼 나서기 좋아하는 성격이긴 하나, 이런 자리에서까지 예의 없이 나선 적은 없었다.

이건 그녀답지 않았다.

"쟤 왜 저래?"

설무백은 옆에 선 제갈명 등을 둘러보며 물었다.

다들 어리둥절해서 서로 시선을 교환하고, 나서기 좋아하는 제갈명마저 내막을 모르는지 곤혹스러운 표정으로 머뭇거리는 가운데, 좀처럼 나서지 않는 공야무륵이 불쑥 말했다.

"언제고 기회가 되면 말씀드리려고 했는데, 오래전에 돌아가신 조부께서 공야(公冶) 성에 지(支) 자 광(光) 자의 성함을 쓰는 분이셨습니다."

설무백은 이게 무슨 말인가 싶어서 두 눈을 멀뚱거렸다.

갑자기 조부의 성함을 왜 말하는 것인가.

그때 제갈명의 눈이 빛을 발했다.

"야차도(夜叉刀) 공야지광(公冶支光)."

공야무륵이 슬쩍 눈살을 찌푸리며 제갈명을 보았다.

제갈명이 아차 하는 표정으로 재빨리 고개를 숙여서 사과했다.

"함부로 조부님의 함자를 입에 올려서 죄송합니다. 너무 놀라서 그만……!"

공야무륵이 단순한 사람답게 슬그머니 풀어진 얼굴로 제갈명을 외면했다.

설무백은 공야무륵을 채근했다.

"뭔데 그래?"

공야무륵이 멋쩍은 얼굴로 뒷머리를 긁적였다.

"제 입으로 말하기는 좀…….'

설무백은 공야무륵이 단순해도 고집을 부릴 때는 한도 끝도 없다는 것을 익히 잘 알고 있었기에 대번에 제갈명에게 시선을 돌렸다.

"뭐야?"

제갈명이 슬쩍 공야무륵의 눈치를 보고는 잠잠한 기색이자 설명에 나섰다.

"야차처럼 무섭고 강인한 도법을 구사하던 전대의 고수입니다. 비록 천하 칠도라 불리는 칠대도객(七大刀客)과 비교하면 많이 부족한 인물이긴 하나, 엄연히 강호 일절로 불리던 도법의 고수로, 무명의 무가 출신임에도 복건성 일대에서는 제법 명성을 날리던 도객이었지요."

설무백은 복건성이라는 지명을 듣자 섬광처럼 뇌리를 스치는 것이 있었다.

그는 슬쩍 공야무륵을 쳐다보며 물었다.

"운몽세가?"

공야무륵이 어색하게 웃으며 머리를 긁적였다.

"사실 무명의 무가 출신이라는 건 와전된 겁니다. 조부께서는 그저 산무지렁이 사냥꾼으로 사시다가 비를 피해서 들어간 동굴에서 아주 운 좋게도 야차본서(夜叉本書)라는 누군지 모를 전대의 고수가 남긴 비급을 얻어서 강호의 무인이 되셨거든요."

이건 설무백의 질문에 대한 수긍과 같은 설명이었다.

설무백은 그걸 인지하며 다시 말했다.

"그게 비무든 뭐든 한 지역에 공존하던 고수들이 싸울 경우 패자가 그 지역을 떠나는 것이 강호 무림의 오랜 불문율이지. 상대가 누구야?"

공야무륵이 잠시 뜸을 들이다가 대답했다.

"천비은검 운몽자선입니다."

설무백은 이미 짐작하고 있었기에 별다른 내색 없이 고개를 끄덕이며 말을 받았다.

"네가 도법이 아니라 부법을 수련한 이유도 그 때문인가?"

"아주 아니라고 부정할 수는 없습니다만, 전적으로 그런 것만도 아닙니다. 조부께서 얻으신 야차본서에는 도법만이 아니라 검법과 부법, 그리고 암기법도 포함되어 있었거든요. 저는 부법이 더 좋았고……."

잠시 말꼬리를 흐린 공야무륵의 시선이 어느새 지근거리로 다가와서 두 눈을 말똥거리고 있는 화사를 향했다.

"저 아이는 암기법이 더 마음에 들었던 것뿐입니다."

어리둥절한 모습이던 화사가 그제야 그들이 무슨 대화를 하고 있었는지 알아들은 듯 피식 웃었다.

"뭐야? 옛날 고리짝 얘기 하고 있었던 거야?"

공야무륵이 대수롭지 않게 화사의 말을 무시하며 설무백을 향해 다시 말했다.

"아무려나, 전대의 은원을 해결한답시고 저러는 건 아닐 겁니다. 저 아이가 버릇없이 당돌하긴 해도 그렇게 옹졸하거나 편협한 성격은 아니거든요."

"그건 나도 알아. 그랬다면 해치워도 벌써 해치웠겠지."

설무백은 태연하게 잘라 물었다.

"네가 보기에는 쟤가 대체 왜 저러는 것 같아?"

공야무륵이 입맛을 다셨다.

"저도 그게 궁금합니다."

"저기요?"

화사가 어이없다는 표정으로 끼어들며 설무백과 공야무륵을 번갈아 보았다.

"당사자를 면전에 두고 이러기 있습니까?"

설무백은 아무렇지도 않게 화사를 바라보며 말했다.

"얘기해 봐, 이유가 뭐야?"

화사가 왠지 모르게 공야무륵의 눈치를 살피며 뜸을 들이다가 이윽고 헤헤 웃으며 대답했다.

"그게 별건 아니고요, 어쩌다보니 우연찮게 저 녀석의 수련을 보게 되었는데, 검초가 너무 느리고 투박해서 그간 약간의 도움을 주고 있었어요. 해서, 얼마나 늘었는지 직접 한번 확인해 보고 싶어서요."

"네가 검법을 수련하는 저 녀석에게 도움을 주었다고……?"

공야무륵이 묘하다는 투로 중얼거리다가 이내 무언가 느낀 듯 냉정하게 화사를 쳐다보았다.

"무슨 도움을 어떻게 주었다는 거냐?"

화사가 잠시 눈동자를 불안하게 굴리다가 이내 뜬금없이 하하 웃었다. 그러고는 갑자기 공야무륵을 향해 넙죽 고개를 숙여 사과하며 말했다.

"미안! 야차본서의 검법인 이매십검(魑魅十劍)을 알려 줬어.

내가 아는 검법 중에서 그게 가장 빠르면서도 섬세하다고 생각해서 말이야."

공야무륵이 황당한 표정으로 물었다.

"어떻게? 너 그거 제대로 익히지도 않았잖아?"

화사가 멋쩍은 사람이 다 그렇듯 애써 웃는 낯으로 대답했다.

"그야 당연히 나도 익히면서 알려 줬지. 덕분에 나도 검법의 조예가 꽤나 깊어졌다니까 글쎄. 하하……!"

공야무륵이 정말 뭐라고 할 말이 없다는 표정으로 물끄러미 화사를 바라보았다.

화사가 그걸 보고는 새삼 고개를 깊이 숙이며 사과했다.

"미안."

공야무륵이 불쑥 말했다.

"하나만 물어보자. 너, 저 녀석 좋아하냐?"

화사가 펄쩍 뛰었다.

"무슨 그런 말도 안 되는……! 아냐! 나는 주군을 좋아한다고!"

좌중의 시선이 일제히 설무백에게 쏠렸다.

모진 놈 곁에 있다가 벼락 맞은 꼴이었다.

공야무륵이 서둘러 헛기침을 해서 주위를 환기시키며 말했다.

"아무런 사심 없이 그냥 순수하게 도움을 주고 싶어서 그랬다는 거야?"

"응."

화사가 추호도 주저하지 않는 대답에 이어 감히 날 의심하는 거냐는 듯 표독스러운 눈초리로 공야무륵을 뚫어지게 노려보았다.

이거야말로 방귀 뀐 놈이 성내는 꼴이었으나, 공야무륵은 그녀의 눈빛을 감당하지 못했다. 그녀의 대한 그의 마음은 딸을 대하는 아버지의 그것과 같았기 때문이다.

공야무륵은 이내 슬며시 고개를 돌려서 설무백을 보며 말했다.

"그랬답니다, 주군."

설무백은 괜한 시간 끌지 않고 마음을 정하며 화사를 향해 당부했다.

"비환을 쓰면 안 되는 거 알지?"

화사가 의미심장하게 웃으며 반문했다.

"제가 비환을 완벽하게 제어할 수 있게 되었다면요?"

설무백은 고개를 저었다.

"그래도 쓰지 마. 자랑을 위해서 쓸 물건이 아니니까."

"빡빡하시긴, 알았어요."

화사가 어쩔 수 없다는 듯 수긍하며 돌아서서 기다리고 있는 단예사에게 다가갔다.

"미안, 많이 기다렸지?"

풍무관의 중앙에서 기다리던 단예사가 기꺼운 표정으로 검집 째 양손으로 잡고 검병(劍柄 : 검의 손잡이)의 머리를 눈높이로 올리는 수검예(手劍禮)로 그녀를 맞이했다.

"아니요. 그동안의 성과를 직접 보여 드릴 수 있게 돼서 기쁩니다."

"실망시키지 마."

"기대해도 좋습니다."

간단하게 인사를 주고받은 화사와 단예사가 저마다 뒤로 물러나서 거리를 벌리며 대치했다.

다음 순간, 장내의 모든 시선이 화사에게 집중되었다.

화사가 늘 허리에 장식처럼 차고 다니던 한 자가량의 패도 (佩刀)뽑아 들며 두 손으로 잡고 살짝 문지르자 패도에서 같은 크기의 한 자루 검이 떨어져 나왔기 때문이다.

뱀의 몸뚱이처럼 구불구불한 서슬을 타고 요사스러운 푸른 빛이 흐르는 사행검(蛇行劍)이었다.

설무백은 이채로운 눈빛을 드러내며 중얼거렸다.

"좌검우도(左劍右刀)?"

나서기 좋아하는 제갈명이 질문도 아닌 그의 말을 받아서 주절거렸다.

"덕분에 검법의 조예가 깊어졌다는 말이 사실이었나 보네요. 화사 여협이 검을 쓰는 것은 그동안 한 번도 본 적이 없었는데 말입니다."

공야무륵이 불쑥 끼어들었다.

"제가 알기로는 도법도, 그러니까 야차도도 그리 능한 편이 못 됩니다. 그런데 난데없이 좌검우도라니, 비무든 싸움이든 멋을 내는 성격이 아닌 애라 그냥 하는 짓은 아닐 텐데, 보면서도 믿기가 어렵네요."

설무백은 내심 공야무륵의 걱정을 이해할 수 있어서 절로 고개를 끄덕였다.

무릇 모든 병기로 구현하는 무공 초식은 그 병기가 가지고 있는 특성에 따라서 동작이 정해진다.

하다못해 같은 검이나 칼이라도 굵기나 길이의 크고 작음에 따라 동작이 변하고 달라지는 것이 바로 병기로 구현하는 무공 초식이다.

그런데 지금 화사는 같은 병기가 아니라 서로 다른 병기인 검과 도를 들고 태세에 임하고 있었다.

같은 검이나 도도 한 자루가 아니라 두 자루를, 즉 쌍검이나 쌍도를 사용해도 완전히 다른 무공 초식처럼 변화가 커지는데, 서로 다른 병기인 검과 도를 사용하는 것은 그야말로 새로운 무공 초식을 구현해 내는 것과 같아서 어지간히 숙달되지 않고서는 감히 엄두도 낼 수 없는 일이었다.

물론 어영부영 흉내만 내는 것이 아니라면 말이다.

"야차본서의 야차도와 이매십검의 핵심을 완벽하게 이해하고 두 초식을 완전하게 결합하는 데 성공한 모양이지."

공야무륵이 갑자기 무언가 뇌리를 스친 것처럼 눈을 끔뻑이며 말했다.

"그러고 보니 전에 제게 그런 얘기를 한번 하긴 했었네요. 야차도를 쓸 때 왼손의 검결지(劍訣指) 대신 이매십검을 쓰면 어떨 것 같으냐고……!"

검결지는 일반적으로 현문(玄門) 계열의 검법에서부터 시작되었다고 알려져 있으나, 작금의 강호에서는 거의 모든 검법에 적용되고 있는 수법이다.

정확히 설명하면 검을 잡지 않은 손의 검지와 중지를 모아서 뻗고 나머지 손가락을 오므리도록 해서 이때 뻗어진 두 손가락을 검결지라고 하는데, 현문 계통에서는 이것을 단순한 보조의 수단으로 보지 않고 축사(逐邪)와 정심(整心), 나아가서 현문의 법력을 발휘하는 도구의 하나로 보기 때문에 달리 무형검(無形劍)이라도 부른다.

따라서 현문 계열의 검객만이 아니라 제대로 된 검법을 수련한 강호의 검객들에게 있어 이 검결지는 일종의 무기와 같아서 실제로 공격과 방어에 쓰기도 했다.

화사는 그런 식으로 그저 검결지를 무기로 활용한다는 고정관념을 탈피하고 왼손으로 검을 사용하면 어차피 오른손은 검결지를 쥐어야 하니 그 대신 칼을 쥐겠다는 생각을 한 것이다.

"누구나 그런 생각은 할 수 있어. 실제로 수많은 고수들이 자신들의 검법이나 도법에 그런 식의 응용을 가미하기도 했고. 하지만 제대로 하는 사람은 거의 없었지. 어설픈 조화는 오히려 독이 되는 법이거든."

"저도 그때 같은 말을 했었습니다만……!"

공야무륵이 고개를 끄덕이며 설무백의 말을 수긍하다가 문득 두 눈을 크게 뜨며 말꼬리를 흐렸다.

당연한 반응이었다.

설무백도 놀라워하고 있었다.

아니, 비단 그들만이 아니라 장내의 모두가 감탄이 드리워진 눈빛이었다.

화사와 대치하고 있던 단예사가 두 손으로 잡은 검을 우측 밀어내며 세우는 태세를 갖추자, 검극이 마치 불길 속에서 달구어지는 것처럼 붉게 달아올랐다.

그러더니 한순간 화르륵 불길이 일어나듯 붉은 광채를 내뿜었다.

무려 두 자를 넘기는 길이의 불길이었다.

"화령검(火靈劍)!"

내부의 기를 손이나 도검을 통해 밖으로 내보내서 상대에게 상해를 입히는 기상인(氣傷人)의 경지는 단지 예리한 기세만을 의미하는 것이 아니다.

무형(無形)에서 유형화(有形化)된 그 기세는 참으로 다양한 형태로 형상화될 수 있어서 베거나 찌르는 것만이 아니라 막거나 감싸는 것도 가능하며 차거나 뜨거운 혹은 아무런 느낌도 없이 그저 단단하기만 한 본연의 성질을 발현하는 경지도 존재했다.

검기나 도기 등과 전혀 다른 호신강기가 그로 인해 가능하게 되는 것이다.

다만 유형화된 기세를 단순한 형태가 아니라 복잡한 형태로 형상화하거나 본연의 성질을 발현하는 것은 상당히 높은 기상인의 경지이다.

또한 기본적으로 진기(眞氣)의 소모가 극심해서 지속적으로 그렇게 유지하는 것은 어지간한 내공의 소유자도 쉽게 구현하기 어려운 일이다.

그런데 지금 단예사가 그렇게 하고 있었다.

운몽세가의 비전절기인 화령심공(火靈心功)에 기반한 화령검(火靈劍)이었다.

지난날 멸문한 운몽세가에서 전대 가주인 천비은검 운몽자선을 제외하면 그 누구도 제대로 구현하지 못한 경지의 화령검을 지금 단예사가 구현하고 있는 것이다.

'역시……!'

설무백은 내심 고개를 끄덕였다.

지난날 운몽세가를 방문했을 때 만난 운몽자선의 모습이 그의 뇌리를 스쳤다.

당시 그가 마주한 운몽자선은 제아무리 나이를 따져 봐도

한 지방을 주름잡던 검객의 모습치고는 너무나도 무기력해 보였다.

그때부터 혹시나 하고 의심했는데, 역시나 그의 예감이 옳았다.

지금 단예사가 드러낸 화령검의 경지는 절대 그동안의 시간 속에서 이룩할 수 있는 것이 아니었다.

과거 무기력해 보이던 운몽자선의 모습과 지금 단예사의 모습은 틀림없이 관련이 있는 것이다.

'벌모세수와 같은 모종의 개정대법(開頂大法)을 통한 내공의 전이(轉移)인 건가?'

확실하진 않지만 대략 그 정도 범위를 예상할 수 있는 내공의 증폭이었다.

'핏줄도 아니고 그저 눈에 들어온 무재일 뿐인데, 자신의 내공을 전해 준다는 것이 가능한가? 운몽자선이 그 정도의 선인이었다는 건가?'

설무백은 애써 상념을 떨쳐 내며 곁에 서 있는 제갈명의 어깨를 슬쩍 잡으며 나직이 말했다.

"이따 자리가 끝나면 단 노인을 내 방으로 보내라."

"단 노인이요?"

단예사의 신위에 놀라서 벌어진 입을 다물지 못하고 있던 제갈명이 흠칫 놀라서 정신을 차리고도 단예사의 조부인 단 노인의 존재를 뒤늦게 인지하며 대답했다.

"아, 알겠습니다."

경망스러운 제갈명의 태도에 주변의 이목이 쏠렸다.

설무백은 제갈명에게 눈총을 주고는 짐짓 태연하게 고개를 돌려서 다시금 화사와 단예사의 대치를 주시했다.

단예사의 경지에 놀라긴 했으나, 그건 어디까지나 예상 밖의 경지라서 놀란 것이지 화사를 압도하고 있다는 뜻은 절대 아니었다.

실제로 압도하고 있는 사람은 화사였다.

좌우로 비스듬히 세운 그녀의 좌검우도는 각기 선명하게 빛나는 백색의 광채를 매달고 있었다.

전력을 다하고 있는 것은 아닐 테니, 그건 언제든지 길게 늘어나거나 멀리 뿌려질 수 있는 검기 혹은 검기성강의 모습이었고, 그 앞에 선 단예사는 섣불리 움직이지 못한 채 진땀을 흘리며 어떻게든 틈을 찾아보려고 애쓰는 눈치였다.

설무백은 그 모습만 보고도 이미 두 사람의 승패를 예측할 수 있었다. 그래서 그는 늘어지는 대치를 두고 보지 않고 매섭게 소리쳤다.

"하수의 장고는 숨쉬기 운동에 불과하다는 말도 모르나! 하수 주제에 기다리긴 뭘 기다려! 네가 하나의 틈을 찾을 때 상대는 두 개, 세 개의 틈을 찾을 수 있는 거다! 명심해! 하수는 기백이다!"

단예사를 두고 하는 말이었고, 당사자인 단예사도 대번에 그것을 알아들은 것 같았다.

설무백의 외침이 신호라도 된 것처럼 단예사가 움직이고, 그에 반응해서 화사도 움직였다.

정확하게는 단예사가 공격에 나서고, 화사가 방어를 한 것이었다.

단예사는 그야말로 설무백의 지적에 자극을 받은 듯 더는 틈을 찾지 않고 득달같이 달려들었다.

한순간 지상을 박차고 높이 날아오른 그가 그대로 화사를 향해 떨어져 내리며 두 손으로 잡은 화령검을 내려쳤다.

소위 태산압정(泰山壓頂)이라 불리는 일도양단의 기세, 하수는 기백이라는 설무백의 말에 자극받은 것 같은 공격이었다.

화사는 더 없이 신중하던 단예사가 갑작스러운 설무백의 도발에 넘어가서 성난 멧돼지로 돌변할 줄은 미처 예상하지 못한 듯 적잖게 놀라는 기색이었다.

그러나 그녀의 대응은 마치 그런 기색이 거짓말이었던 것처럼 매우 침착했다.

우선 그녀는 침착하게 가만히 서서 기다렸다.

그리고 화령검의 불길이 머리를 태울 듯이 가깝게 다가오는 것을 정확히 주시하며 순간적으로 교차한 좌검우도를 높이 쳐들었다.

화사의 전신이 한순간 강렬한 빛에 휩싸이더니 양손의 병기, 좌검우도에 그 빛이 집중되었다.

막강한 기세로 떨어지던 단예사의 화령검이 그 빛을, 바로 가위처럼 좌검우도의 중동을 때렸다.

깡─!

거친 쇳소리가 울리며 사방으로 불똥이 튀었다.

주변의 공기가 우렁우렁 소리 내서 우는 가운데, 사방에서 '와!' 하는 감탄이 터져 나왔다.

화사와 단예사의 격돌이 상상 이상으로 대단했던 것이다.

와중에 화사의 상체가 살짝 뒤로 밀리고, 허공에 떠 있는 단예사의 신형이 높이 들렸다.

화사는 격돌의 여파로 눌리고, 단예사는 튕겨 나가기 직전의 모습이었다.

화사가 그 순간, 그대로 밀리지 않고 상체를 세우며 가위처럼 교차하고 있던 좌검우도를 거칠고 사납게 좌우로 펼쳤다.

순간, 거센 검기와 도기의 회오리가 일어났다.

쨍─!

짤막하면서도 거친 쇳소리가 터졌다.

단예사의 화령검이 깨져 나가는 소리였다.

화사의 검과 도가 어긋나면서 강렬하게 일어난 검기와 도기의 압력을 견디지 못한 화령검이 마치 유리처럼 깨져 버린 것이다.

그리고 그 압력을 견디지 못한 것은 화령검만이 아니었다.

단예사도 견디지 못했다.

"크으……!"

단예사가 억눌린 신음을 흘리며 가랑잎처럼 날아가서 바닥에 나뒹굴었다.

본디 내가기공을 익힌 사람들이 무기를 가지고 격돌했다가 어느 한쪽의 무기가 부러져 나가면 그냥 무기가 부러지는 것으로 끝나지 않는다.

당연히 부러져 나간 무기의 주인 역시 그만큼의 충격을 받기 때문에 상당한 내상이 불가피하고, 심하면 그대로 죽을 수도 있었다.

하물며 지금 화사가 일으킨 검기와 도기의 압력은 단예사의 검만 휩쓴 것이 아니었다.

단예사의 육체도 같이 휩쓸었다.

장내에서 지켜보던 사람들 중에 백의 하나도 제대로 보지 못했을 테지만, 단예사가 마지막 순간까지도 악착같이 버티는 바람에 벌어진 사단이었다.

"이런 멍청한……!"

화사가 당황한 기색으로 다급하게 뛰어가서 바닥에 쓰러진 단예사의 상태를 살폈다.

다행히 심한 내상이 아닌 모양이었다.

이내 그녀는 가슴을 쓸어내리며 투덜거렸다.

"미련한 놈 때문에 나만 나쁜 년 될 뻔했네."

그녀는 생각해 보니 다시 화가 난다는 듯 대뜸 인상을 쓰며 단예사의 멱살을 잡고 마구 흔들어 깨웠다.

"일어나 이놈아! 뭘 잘했다고 편히 누워 있어!"

단예사가 깨어나서 눈을 떴다.

다만 쉽게 정신을 바로잡지 못하고 비몽사몽인 눈빛으로 해롱거렸다.

"에구, 내 팔자야!"

화사가 가슴을 치며 탄식하고는 해롱거리는 단예사의 손목을 잡고 짐짝처럼 질질 끌어서 비무를 끝낸 일행의 곁에 데려다 놓았다.

설무백은 그런 그녀를 지켜보다가 불쑥 말을 건넸다.

"좌검우도, 제대로 보고 싶었는데, 아쉽네. 한데, 마지막에 전력을 다한 건 왜냐?"

화사가 심술 난 표정으로 그를 노려보며 쏘아붙이듯 대답했다.

"잘 알면서 짓궂으시긴! 안 그러면 내가 다치게 생겼는데 그럼 어떻게요? 이 자식에겐 조금 미안하지만, 여자 얼굴에 칼자국도 모자라서 화상이라니, 절대 안 될 말이죠!"

설무백은 그 말에 동의한다는 듯 흔쾌한 기색으로 어깨를 으쓱이며 화사를 외면했다.

듣고 싶은 대답을 들어서 더 할 말이 없었다.

다만 무덤덤하게 넘어가는 그의 태도와 달리 장내의 분위기는 적잖게 어수선했다.

화령검의 화려함이 남긴 여운에 더해서 그 위력을 인정하는 화사의 말이 불러온 소란이었다.

화사와 단예사의 비무는 비록 단 한 번의 격돌로 승부가 났지만, 그만큼 장내의 모두에게 강렬한 여운을 남겨 주었던 것이다.

설무백은 가볍게 손뼉을 쳐서 주위를 환기시켰다. 그리고 보란 듯이 요미에게 시선을 주며 물었다.

"다음은?"

요미가 조금 난감해진 표정으로 슬쩍 무일을 일별했다.

"저기, 근데, 무일이는……!"

"내가 말할게."

무일이 대뜸 요미의 말을 끊고 앞으로 나서며 설무백을 향해 깊숙이 고개를 숙였다.

"죄송합니다, 주군. 저는 무공을 익히는 것보다 탐구하는 것이 더 흥미롭고 재미있습니다. 물론 그렇다고 아주 익히지 않은 것은 아니지만, 순전히 연구에 도움이 될 것 같아서 부분적으로 조금씩 익힐 뿐이라 내세울 만한 것이 전혀 못되고, 앞으로도 그럴 것 같습니다. 해서……."

"무슨 말인지 알겠다."

설무백은 무일이 하려는 말이 무엇인지 능히 짐작할 수 있어서 더 듣지 않고 잘라 말했다.

"실로 바라기야 네가 네 조부의 기량을 이어서 대공을 성

취하면 좋겠지만, 싫은 것을 억지로 강요할 수는 없지. 사람은 누구나 다 타고난 기질과 성향이 다르다는 것을 나도 익히 잘 아니까. 하물며 네 조부의 기량이 비단 무공을 익히는 것에만 있는 것도 아니고 말이다."

그는 기꺼이 흔쾌하게 웃는 낯으로 무일의 선택을 지지해 주었다.

"알았다. 네 생각대로 해도 좋다. 대신 어디 한번 네 조부께서 남기신 무공도 같이 심도 깊게 탐구해서 새로운 지평을 열어 봐라. 고루마공은 그냥 사장되기에 너무나도 아까운 신기다."

"가, 감사합니다! 틀림없이 기꺼이 그렇게 하겠습니다, 주군!"

무일은 설무백이 이처럼 쉽게 자신의 주장을 인정해 줄지 몰랐던지 그야말로 울 것처럼 감격에 겨운 얼굴로 연신 고개를 숙이고 또 숙였다.

하지만 설무백의 입장에서 이건 깊게 생각할 것도 없는 당연한 승낙이었다.

폐쇄적일 정도로 내성적이고 비사교적인 성격인 무일이 이런 말을 꺼낼 수 있게 된 데까지 얼마나 오랜 심사숙고를 거쳤는지 그는 익히 짐작할 수 있었기 때문이다.

오히려 미리 알아주지 못한 것이 미안할 정도였다.

그는 그런 마음으로 새삼 무일을 향해 고개를 끄덕여 주고 나서야 요미에게 시선을 돌렸다.

요미가 기다렸다는 듯 생글거리며 앞으로 나섰다.

"이제 나네."

설무백은 풍잔으로 돌아와서 처음 요미를 대면한 순간부터 그녀의 경지가 얼마나 많이 비약했는지를 충분히 느낄 수 있었다.

그래서 그는 그녀의 상대만큼은 미리 정해 놓았다.

이제 풍잔에서 요미의 무위를 시험할 수 있는 사람은 넉넉잡아도 열 명 남짓에 불과하고, 그중에서 안전하게 그녀의 무력을 시험해 볼 수 있는 사람은 고작 네 명.

설무백 그 자신을 포함해서 적현자와 환사, 천월이 다였기에 어쩔 수 없이 그가 내린 그녀의 상대는 바로 적현자였다.

"한 수 부탁드려도 될까요?"

"그러지."

적현자는 자신이 요미의 상대로 나설 것을 이미 예상하고 있었던 것 같았다.

일말의 망설임도 없이 기꺼이 승낙하며 앞으로 나서는 그의 태도가 그것을 대변하고 있었다.

적현자가 요미의 상대로 자신이 나설 것을 익히 예상한 모습이었다면 요미도 자신의 상대가 적현자임을 익히 짐작하고 있었던 것 같았다.

상대로 나서는 적현자를 바라보며 놀라거나 긴장하는 기

색 하나 없이 싱긋 웃는 그녀의 태도가 그런 느낌을 주었다.

설무백은 그제야 알았다. 아니, 느꼈다.

아무리 봐도 이건 처음이 아닌 분위기였다.

적현자와 요미는 그동안 수차례 혹은 숱한 비무를 했던 것이 분명했다.

이유 여하를 막론하고 지금 두 사람 사이에서 흐르는 감정의 기류와 넉넉한 여유는 그게 아니라면 절대 느낄 수 없는 것이었다.

그에 반해 장내는 긴장과 호기심의 도가니였다.

이는 요미 등의 수련과 지도는 가급적 드러내지 않고 진행해야 한다는 기본적인 원칙이, 바로 그의 지시가 철저히 지켜지고 있었다는 방증이었다.

설무백은 대치하기 시작하는 두 사람에게 시선을 고정한 채로 슬며시 손을 내밀어서 곁에 서 있는 제갈명의 뒷목을 잡았다.

"왜 미리 얘기하지 않았지?"

그게 어떤 것이든지 간에 풍잔에서 벌어지는 상황을 제갈명이 모를 수 없었다.

그런 방향으로 발달한 제갈명의 기본적인 욕구는 둘째 치고, 그가 다른 무엇보다도 제갈명에게 강조한 사항이 바로 그것이기 때문이다.

문상으로서 풍잔의 모든 것을 완벽하게 파악하고 있을 것!

아니나 다를까, 제갈명이 움찔 자라목을 하고 히죽 웃는 낯
으로 실토했다.

"과연 바로 아시네요. 별거 아닙니다. 어차피 자연히 아시
게 될 일이라고 생각해서, 깜짝 구경거리로 남겨 둔 겁니다.
흐흐흐……!"

설무백은 어째 말미에 붙은 제갈명의 웃음소리가 전에 없
이 음충맞게 들려서 못내 께름칙했으나, 더 탓할 수 없었다.

이런 걸 속일 수 있다고 생각할 정도로 머리가 둔한 제갈
명이 아니었다.

실제로 속이려 했다고 쳐도 문제될 일이 전혀 아니니, 깜
짝 구경거리로 남겨 두었다는 말이 사실일 것이다.

물론 거기에 한 가지 다른 사연이 양념처럼 곁들여 있었지
만 말이다.

설무백이 그냥 수긍하고 적현자와 요미의 대치에 시선을
돌릴 때였다.

제갈명이 슬며시 손을 내밀어서 옆과 뒤쪽에 서 있는 환사
와 천월, 예충, 풍사 등에게 은자를 걷고 있었다.

희희낙락인 제갈명과 심통스러운 인상인 환사 등의 태도
가 모든 것을 말해 주었다.

제갈명을 비롯한 풍잔의 요인들은 설무백이 이걸 아느냐
모르느냐를 두고 내기를 했고, 결과는 제갈명의 승리였던 것
이다.

뒤늦게 그걸 깨달은 설무백이 어이없는 눈빛으로 쳐다보자, 환사 등이 슬그머니 외면하며 딴청을 부리는 가운데, 제갈명이 수중의 은자를 흔들어 보이며 천연덕스럽게 웃었다.

"부수입이요, 부수입."

설무백은 너무도 천연덕스러운 제갈명의 태도에 선뜻 뭐라고 할 말이 떠오르지 않았다.

제갈명이 그런 그의 시선 앞에서 아무렇지도 않게 은자를 챙기다가 불쑥 말했다.

"시작하네요."

설무백은 반사적으로 대치하고 있던 적현자와 요미를 향해 시선을 돌렸다.

과연 비무가 시작되었다.

누구의 움직임이 먼저인지는 모르겠으나, 서너 장을 격하고 대치한 적현자와 요미가 거리와 간격을 유지한 채 각기 왼쪽으로 돌아가고 있었다.

그 상태로 적현자의 수중에 들린 송문검이 요미를 향해 뻗어졌다.

송문검의 서슬을 타고 흐르는 백색의 검기가 당장이라도 요미를 향해 뻗어날 듯이 출렁거렸다.

요미의 수중에 들린 한 자 길이의 붉은 비수, 이른 바 무림 십대 흉기의 하나인 혈마비(血魔匕)의 서슬이 그에 반응해서 앞으로 내밀어졌다.

천외천의
주인

혈마비의 서슬이 진짜 피처럼 붉게 물들며 아지랑이처럼 흔들리는 붉은 서기를 일으켰다.

일직선상에서 서로를 노려보며 수평으로 돌아가는 적현자의 송문검과 요미의 혈마비가 일으키는 압력이 주변의 공기를 우렁우렁 울게 만들고 있었다.

그러던 어느 한순간!

쿵―!

적현자가 발이 무겁게 땅을 찼다.

사람의 발자국 소리라고 생각하기 어려울 정도로 육중한 그 소음과 동시에 그의 신형이 탄환처럼 쏘아지며 요미의 전면으로 쇄도해 들었다.

무당의 호종보(虎縱步)!

순간의 움직임만 놓고 따진다면 무당의 절기 중 가장 빠르다는 신법이었다.

그게 단순한 속설이 아니라는 것을 증명하듯 적현자의 신형이 시선으로 쫓기 어려울 정도로 빠르게 요미의 전면으로 육박했고, 그에 앞서 뻗어진 송문검이 눈부신 빛을 폭사했다.

구혼탈백검(勾魂奪魄劍), 무당의 검법 중 사납고 거칠기로 유명한 절기였다.

순간적으로 거리를 좁히며 적극적으로 사납게 몰아치는 공격, 의외로 진지하게 대적하고 있는 적현자였다.

그런 면에서 요미도 대단히 진지하게 적현자를 대적했다.

요미는 당연히 전진도문의 절대비기인 구현기의 하나이기 이전에 전진사가의 최고사공인 사천미령제신술을 발휘해서 피할 줄 알았는데, 그러지 않았다.

오히려 무섭게 쇄도하는 적현자의 공격을 뻔히 보면서도 피하지 않고 마주하며 수중의 혈마비를 휘둘러 맞받아쳤다.

혈마비가 휘둘러지는 순간, 도신을 타고 일렁이던 붉은 기운이 폭죽처럼 터져 나가며 적현자의 송문검과 격돌했다.

깡—!

거친 쇳소리가 터지며 송문검과 혈마비가 무지막지하게 서로를 밀어냈다.

그 주인들도 그렇게 밀려서 떨어져 나갔다.

적현자가 그 와중에 갈고리처럼 구부러진 손을 내밀어서 요미의 손목을 잡아챘다.

무당의 금나수인 첨의십팔질(沾衣十八跌)의 한 초식이었다. 단순히 손목을 잡아채는 것이 아니라 잡는 순간에 비틀어서 뼈를 부러트리려는 한 수였다.

"흥!"

요미가 코웃음을 치며 적현자에게 잡힌 손목을 찰나지간 아래로 내림과 동시에 휘돌렸다.

잡힌 손목을 풀어내며 역으로 적현자의 손목을 잡으려 한 반격인데, 어느새 그녀의 손이 당장이라도 핏물을 뚝뚝 흘려 낼 것처럼 붉게 변해 있었다.

놀랍게도 그건 천하 십대 권법의 하나이자, 천하 십대 강기의 하나로 꼽히는 혈옥수였다.

설무백이 그걸 알아보며 절로 눈을 크게 뜨는데.

"혈옥수(血玉手)!"

장내의 누군가 부르짖었다.

한순간 장내의 시선이 쏠리자 절로 자라목을 하며 두 손으로 얼굴을 가리는 그 주인공은 바로 금혼살이었다.

장내의 시선이 금혼살에게 쏠린 그사이, 역으로 손목을 잡힌 적현자가 기묘한 각도로 손목을 비틀어서 요미의 손아귀를 벗어났다.

무당의 무영신나수(無影神拿手)였다.

주로 소매나 옷깃을 잡거나 조르는 것으로 상대를 제압하는 첨의십팔질의 일수가 무력화되자 직접적으로 팔목과 목 등 신체의 마디를 잡거나 비트는 수법인 무영신나수를 썼고, 과연 그것이 통해서 빠져나간 것이다.

설무백은 금혼살의 부르짖음과 상관없이 그들에게서 시선을 떼지 않았기 때문에 찰나의 순간에 벌어진 그 공방을 정확히 지켜보며 절로 감탄했다.

당연하게도 적현자가 아니라 요미의 무력에 대한 감탄이었다.

같은 무당의 절기라도 누가 쓰느냐에 따라 위력이 달라지는 법이다.

어린아이가 휘두르는 몽둥이와 건장한 장정이 휘두르는 몽둥이의 위력이 같을 수는 없지 않은가.

지금 요미는 명실공히 무당의 최고수 중 하나인 적현자가 펼치는 무당절기를 아무렇지도 않게 감당하고 있었다.

아무리 생각해도 지금의 요미는 예전의 그가 알던 그 요미가 아니었다.

지금의 요미는 그때의 요미보다 적어도 수배는 더 성장해 있었다. 그리고 그 배경은 믿을 수 없게도 천하 십대 권법의 하나인 혈옥수였다.

'요미가 어떻게 혈옥수를……?'

혈옥수가 과거 구유차녀 담요라는 이름으로 악명을 떨친 요미의 조모, 담태파야의 성명절기임을 몰라서 드는 의심이 아니었다.

담태파야는 혈옥수를 요미에게 전수하지 않았다.

아니, 전수할 수 없었다.

혈옥수가 단순히 권법에 국한된 무공이 아니라 천하 십대 강기에 속할 정도로 막강한 기공이기도 하기 때문이다.

전진사가의 절대사공인 사천미령제신술은 사천미령제신공(死天迷靈制身功)에 기반할 뿐, 그 어떤 다른 내공과도 절대 어울리지 않았다.

다른 내공을 익혔다가는 상호충돌로 주화입마를 피할 수 없게 될 수도 있었다.

'그런데 어떻게……?'

설무백은 슬쩍 고개를 돌려서 담태파야를 바라보았다.

마침 뒷전에 서서 비무를 관전하고 있던 담태파야가 고개를 돌려서 그의 시선을 마주했다.

어떻게?

설무백이 눈빛으로 묻자, 담태파야가 주름진 입가에 미소를 드리우며 어깨를 으쓱했다. 그러고는 가벼운 턱짓으로 잠시 떨어져서 대치하고 있는 적현자와 요미를 가리켰다.

우선 비무나 마저 보고 나중에 다시 얘기하자는 뜻으로 보이는 행동이었다.

마침 적현자와 요미가 다시 움직이기 시작했기 때문에 더욱 그렇게 생각할 수밖에 없었다.

타닥-!

처음의 격돌은 누가 먼저 움직였는지 몰라도, 이번에는 요미가 먼저 움직였다.

요미가 시위를 떠난 화살처럼 빠르게 앞으로 튀어나갔다.

그녀의 손에 들린 혈마비가 붉은 빛을 발하며 두 자나 더 길게 늘어나는 환상을 연출하고 있었다.

적현자가 기민하게 앞으로 나서서 마중하며 수중의 송문검을 내밀었다.

순간, 송문검의 검극에서 뿜어진 검기가 바람개비처럼 돌아가며 원을 그렸고, 무지막지한 살기가 일어났다.

적현자의 얼굴이 검붉게 변한 것과 동시에 벌어진 일이었다.

설무백은 절로 움찔했다.

지금 적현자가 자신의 독문검법을, 바로 무당의 검법 중에서 가장 잔인하고 흉포하다는 네 가지 검법인 현천사검과 삼절황검, 연환탈명검, 현천복마검을 하나로 융합해서 창조한 전대미문의 살검을, 일명 대라검이라 불리는 대라천강절명검의 살초를 펼치고 있었기 때문이다.

'요미가 이마저 감당할 수 있다고⋯⋯?'

제아무리 실전을 방불케 하는 비무라고 해도 적현자가 무당파 역사상 전무후무하도록 잔혹하고 파괴적인 검법이라는, 그래서 그 자신에게 마검이라는 별호까지 안겨 준 대라검을 요미가 감당할 수도 없는데 무작정 꺼내 들었다고 볼 수는 없었다.

요미가 충분히 감당할 수 있다고 생각해서 혹은 실제로 그런 경험이 있기에 안심하고 꺼내 들었을 것이다.

그리고 과연 그랬다.

무섭게 달려들던 요미의 두 눈이 희뿌연 백색으로 바뀌고, 얼굴과 손등 밖으로 드러난 피부가 온통 반투명한 얼음처럼 요사스러운 모습으로 변했다.

마치 백옥으로 깎아 놓은 사람처럼 보이는 모습, 전진사가의 절대사공인 사천미령제신술의 발동이었다.

"하여간 요사스럽긴……!"

적현자가 코웃음을 쳤다.

그 순간에 그의 송문검은 백옥의 요물로 변한 요미의 목을 노리고 있었다.

백옥의 요물로 변한 요미가 입가에 미소를 드리우며 수중의 혈마비로 송문검을 막았다.

송문검과 혈마비가 충돌하는 그 순간!

폭-!

거친 쇳소리가 울려도 시원찮을 판에 난데없이 물거품이 터지는 소음이 울리며 요미의 신형이 그대로 사라졌다.

적현자의 송문검이 헛되이 허공을 가르고 지나갔다.

그와 동시에 놀리듯이 웃은 요미의 웃음과 낭랑한 목소리가 사방팔방에서 들려왔다.

"호호호……! 이제 시작인 거 알지, 적 할배?"

"어림없다 이것아!"

적현자가 냉소를 날리며 순간적으로 돌아서서 수중의 송문검을 휘둘렀다.

챙-!

쇳소리가 울리며 불똥이 튀었다.

적현자의 뒤에 나타나서 혈마비를 휘두르던 요미의 공격이 막힌 것이다.

요미의 혈마비를 막은 적현자의 송문검이 백광의 검기를

뿌렸다.

그러나 그 검기가 미처 커지기도 전에 요미의 신형이 다시금 촛불이 꺼지듯 그 자리에서 사라졌다.

취리릭—!

백광의 검기를 일으킨 적현자의 송문검이 다시금 헛되이 공기를 갈랐다.

적현자가 그 헛손질과 상관없이 한 손을 측면으로 뻗어 냈다.

고도로 압축된 기운이 그의 손을 떠나서 허공을 때렸다.

펑—!

그러자 폭음이 터지며 핏빛의 손, 혈옥수를 가슴 앞에 세운 백옥의 요미가 당황스러운 모습으로 거기 나타났다.

적현자가 공격을 위해 모습을 드러내려 하는 요미를 간파하고 먼저 공격한 것이었다.

"사물과 동화되는 순간과 사물에서 이탈하는 순간에 사천미령제신술의 허점이 드러난다는 노부의 충고를 벌써 잊은 게냐!"

충고처럼도 비아냥거림처럼도 들리는 적현자의 호통이었다.

"치……!"

요미가 샐쭉해진 표정으로 다시금 허깨비처럼 그 자리에서 사라졌다.

적현자가 그에 아랑곳하지 않고 기민하게 측면으로 돌아서며 수중의 송문검을 뻗었다.

휘웅―!

헛손질이었다.

적현자가 재차 측면으로 돌아서며 수중의 송문검을 휘둘렀다.

휘웅―!

이번에도 헛손질이었다.

하지만 적현자는 전혀 아랑곳하지 않고 다시금 측면으로 돌아서며 수중의 송문검을 길게 찔렀다.

이번에도 역시 송문검은 헛되어 허공을 갈랐으나, 그의 입가에는 흡족한 미소가 그려지고 있었다.

그 이유는 다음 순간에 밝혀졌다.

적현자가 다시금 방향을 바꾸어서 수중의 송문검을 휘둘렀고, 이번에는 걸리는 것이 있었다.

챙―!

거친 쇳소리가 울리며 허공에 두둥실 뜬 채로 혈마비를 내밀어서 적현자의 송문검을 막고 있는 백옥의 요미가 나타났다.

요미는 사물과 동화된 채로 끊임없이 공격할 기회를 엿보고 있었고, 적현자는 감각적으로 그런 그녀의 위치를 파악하며 사전에 공격할 기회를 차단했던 것이다.

"쳇!"

요미가 새삼 혀를 차며 다시금 그 자리에서 사라졌다.

아니, 사라지려고 그림자처럼 흐릿해지고 있었다.

이에 적현자가 수중의 송문검을 그곳이 아닌 다른 방향으로 돌리려고 했다.

설무백은 그때 나섰다.

"그만. 그 정도면 충분해."

특유의 미온한 미소를 드러낸 그는 마뜩찮은 표정으로 바라보는 적현자와 그만큼이나 아쉽다는 표정으로 선명하게 모습을 드러내는 백옥의 요미를 번갈아 보며 부연했다.

"두 사람 다 끝내 비장의 한 수를 꺼낼 생각은 없는 것 같으니까."

그는 무언가 하고 싶은 말이 있는 표정인 적현자와 요미를 외면하며 좌중을 향해 소리쳤다.

"오락은 끝났다! 해산!"

거대흑도巨大黑道 (5)

"아까 마지막 말에 대한 설명을 듣고 싶소이다!"

"저도요!"

설무백의 거처인 대청이었다.

풍무관에서부터 엄마 오리를 따르는 새끼 오리들처럼 설무백의 뒤를 졸졸 따라온 적현자와 요미는 끝내 거처까지 들어와서 따지고 있었다.

정말 궁금해서 할 말이 많은 표정들이었다.

설무백은 대답 대신 공야무륵과 위지건에게 시선을 주었다.

공야무륵과 위지건이 눈치 빠르게 뒤따라 들어오려는 사람들을 가로막으며 대청의 문을 닫고 그 앞에 시립했다.

이제 대청 안에는 적현자와 요미를 제외하면 풍잔의 요인들 중에서 최고령자들로 꼽히는 환사와 천월, 예충, 반천오객, 그리고 설무백이 각별이 눈짓으로 신호를 줘서 대동한 담태파야만이 남게 되었다.

설무백은 일단 그들 모두에게 자리를 권했다.

"우선 다들 앉으세요. 따로 할 말도 있으니까."

설무백의 침실 밖에 거실처럼 꾸며진 대청은 삼십여 평의 넓은 공간이었고, 창가에는 족히 십여 명이 함께 앉을 수 있는 큼직한 탁자가 마련되어 있었다.

모두가 그를 따라서 그 탁자에 자리를 잡고 앉았다.

설무백은 그제야 적현자와 요미를 번갈아 보다가 이내 고개를 돌려서 담태파야를 보며 물었다.

"요미에게 혈옥수를 전해 주셨더군요."

담태파야가 인정했다.

"전했지."

설무백은 의혹을 드러냈다.

"요미에게는 가능하지 않은 것으로 알고 있었습니다만?"

"어찌 가능하게 되었네."

"어찌 가능하게 되었습니까?"

담태파야의 시선이 탁자의 건너편에 앉아 있는 적현자에게 돌려졌다.

적현자가 그녀의 시선을 외면하며 딴청을 부렸다.

적현자의 태도를 보고 잠시 망설인 담태파야가 이내 결심한 표정으로 말했다.

　"노도우께서 도움을 주셨네."

　설무백은 가만히 고개를 끄덕이며 적현자를 바라보았다.

　그가 알기에 요미가 적현자의 도움을 받아서 절대 가능하지 않은 혈옥수를 익힐 수 있는 방법은 오직 하나뿐이었다.

　그는 그것을 확인했다.

　"요미에게 무당의 비기인 양의심공(兩意心功)을 전하신 겁니까?"

　그렇다.

　마음을 둘로 나눌 수 있는, 그래서 서로 다른 생각과 의지를 펼칠 수 있는 무당파의 비기인 양의심공만이 요미에게 사천미령제신공에 기반한 사천미령제신술이라는 전진사가의 절대사공 이외의 무공을 습득하게 할 수 있었다.

　적현자가 어색한 표정으로 설무백의 시선을 마주했다. 그리고 다시금 설무백의 시선을 외면하며 지나가는 말처럼 한마디 흘리는 것으로 인정했다.

　"나는 그저 얼마든지 더 소화할 수 있는 저 계집애의 재능이 아까워서……."

　설무백은 더 묻지 않고 고개를 끄덕였다.

　이해 못할 일은 아니었다.

　천고의 재녀인 요미의 잠재력을 볼 수 있는 사람이라면 누구나 다 탐을 낼 수 있었다.

그래서 그는 그건 그냥 그대로 일단락하고 담태파야에게 시선을 돌리며 다른 걸 물었다.

"그럼 이제 요미가 사용하는 도법에 대해서 말해 보세요. 요미가 드러내지 않으려고 애쓰긴 했습니다만, 제가 보기에 그건 분명 살왕(殺王)으로 통하던 전대의 마도 고수인 수라대제(修羅大帝)의 수라구류도(修羅九流刀)였습니다. 아닙니까?"

"과연 알아보았군그래."

담태파야가 신중하게 질문하는 설무백의 태도가 무색하게 일말의 망설임도 없이 인정하며 부연했다.

"왜 아니겠나. 맞네. 요미는 혈옥수와 더불어 수라대제의 독문절기인 수라구류도도 익혔네."

"어떻게 그게 가능했던 거죠?"

"이상하게 볼 것 없네. 과거 살왕으로 통하던 수라대제는 세간에 알려진 것처럼 천축(天竺)의 대뢰음사(大雷音寺)나 소뢰음사(小雷音寺)의 살승이 아니라 전진도문의 일파인 전진마가의 후예였고, 요미의 어미는 아비와 달리 전진마가의 후손이니 말일세."

설무백은 한 방 맞은 것처럼 멍청한 표정을 지었다.

그 혼자만이 아니라 장내의 모두가 같은 표정, 같은 기색으로 눈을 끔뻑였다.

특히 적현자는 담태파야를 향해 정말 황당하다는 반응을

보였다.

"요마에게 아주 날개를 달아 주었군!"

담태파야가 얄미울 정도로 냉정한 태도로 적현자를 향해 공수했다.

"다 노도우의 덕분이지요."

적현자가 새삼 어처구니가 없는지 헛웃음을 흘렸다.

그의 입이 다시 열리기 전에 정신을 수습한 설무백은 자못 냉담하게 담태파야를 쳐다보며 물었다.

"그걸 왜 제게 미리 말하지 않았습니까?"

담태파야가 별소리를 다 듣겠다는 표정으로 웃으며 반문했다.

"어차피 익히지도 못하고 사장될 무공이었는데, 그걸 내가 자네에게 미리 말해 줄 이유가 뭔가?"

결국 적현자가 요미에게 양의심공을 전해 주었기에 그마저 가능하게 되었다는 뜻이었다.

인정하기 싫어도 인정할 수밖에 없는 대답이었다.

설무백은 묵묵히 고개를 끄덕이는 것으로 그녀의 말을 수긍하고는 요미에게 시선을 주며 물었다.

"수련 기간이 그리 길지 않았는데, 어느 정도의 경지까지 익힌 거냐?"

요미가 싱긋 웃으며 대답했다.

"대략 육성의 경지 정도? 근데, 수라벽산(修羅劈山)과 수라탐

해(修羅探海) 다음에 비장의 한 수로 다듬어 놓은 초식인 수라 멸절(修羅滅絕)은 얼추 칠성을 넘어서서 팔성을 내다보고 있지. 헤헤……!"

"내내 수라도의 초식을 감춘 것은 적시에 그 초식 수라멸 절로 승부를 가리려던 거였구나. 그치?"

"응. 바로 그거야. 아직 적 할배를 이길 수는 없지만 그걸로 조금 아프게 할 수 있다는…… 어라?"

설무백의 질문에 신나서 대답하던 요미가 어째 이게 아니다 싶었는지 놀라서 찔끔하며 설무백의 눈치를 보았다.

그러나 설무백은 이미 원하던 얘기를 들은 다음이었다.

"검노의 마검을 어렵지 않게 잘 막아 내기에 놀랐는데, 벌써 육성의 경지를 넘어선 수라도라니, 정말 놀랍구나. 장하다, 정말."

설무백은 진심으로 요미의 성과를 칭찬해 준 다음, 적현자에게 시선을 돌리며 불쑥 물었다.

"몰랐죠?"

적현자가 냉담하게 대꾸했다.

"몰랐소. 그게 잘못이라 비무를 멈추게 했다는 거요, 주인 나리?"

설무백은 짧고 간단하게 인정했다.

"예. 그래요."

적현자가 황당한 표정을 지었다.

"어째서 그렇소?"

설무백은 거두절미하고 설명했다.

"요미가 틈을 보다가 적시에 수라구류도의 절초인 수라멸절을 펼쳤다면 어떻게 됐을까요?"

"……!"

적현자는 선뜻 대답하지 못했다.

설무백은 대답을 기다리지 않고 자신이 던진 질문에 스스로 답했다.

"검노는 당황한 나머지 끝내 꺼내지 않으려고 했던 대라검의 궁극인 어검술을 펼쳤을 겁니다. 그럼 두 사람 중 누군가는 크게 다치지 않았을까요?"

"……!"

적현자가 꿀 먹은 벙어리처럼 끝내 입을 열지 않았다.

아니라고, 그렇지 않다고 부정하고 싶었지만, 사실은 그렇지가 않아서 도저히 그럴 수가 없는 모양이었다.

그는 잔뜩 오만상을 찡그린 채 연신 마른침만 삼켰다.

요미를 비롯한 장내의 모든 사람들이 그런 그를 경악과 불신에 찬 눈초리로 바라보았다.

당연한 반응이었다.

육신의 힘으로 검을 쓰지 않고 단지 뜻과 의지로 검을 사용하는 어검술은 무인이라면 꿈에도 그리는 무림의 전설적인 신기(神技)이다.

그런데 설무백이 지금 검노가 그런 무림의 전설적인 신기가 가능하다고 말한 것이다.

"정말이에요?"

요미가 두 눈을 휘둥그렇게 뜨며 묻고 있었다.

좌중의 모든 시선이 적현자의 입술에 고정되었다.

적현자가 그녀의 질문에 대답하는 대신 설무백을 향해 쓰게 웃으며 물었다.

"어떻게 안 거요?"

설무백은 대수롭지 않게 대꾸했다.

"그냥 넘겨짚은 겁니다."

"예?"

적현자가 정신이 나간 듯 멍해진 눈을 깜빡였다.

그야말로 거대한 쇠뭉치로 머리를 한 대 맞은 표정이었다.

설무백은 그에 아랑곳하지 않고 요미에게 시선을 돌리며 그녀의 콧잔등을 손가락으로 튕겼다.

"의문점 다 풀렸으면 이제 그만 나가 봐. 어른들끼리 할 얘기가 남았으니까."

"쳇!"

요미가 혀를 차며 볼에 바람을 넣은 것처럼 잔뜩 심통난 얼굴을 만들었다. 그러면서도 군소리 하나 없이 자리를 털고 일어나서 밖으로 나갔다.

그녀는 기본적으로 그 어떤 상황에서도 설무백의 말을 부정하거나 거부하는 사람이 아닌 것이다.

짝—!

설무백은 가볍게 손뼉을 치는 것으로 침묵 속에서도 어수선한 느낌을 주고 있는 묘한 장내의 분위기를 환기시키며 본론을 꺼냈다.

"다름이 아니라, 제가 또 한동안 자리를 비워야 할 것 같아서 양해를 구하려는 겁니다."

"또다시……?"

누가 먼저랄 것도 없이 좌중 모두가 오만상을 찌그리는 것으로 불편한 심기를 드러냈다.

"사실……."

설무백은 어색한 미소를 흘리며 그동안 강호를 돌면서 겪고 얻은 사연과 정보를 소상히 밝히고, 제갈명을 시켜 무일을 불러들였다.

무일은 이미 그의 부름을 기다리고 있었던 것 같았다.

별도의 지시를 내리지 않았음에도 대청으로 불려온 그의 손에는 작은 상자 하나가 들려 있었고, 그 속에는 설무백이 강남에서 보낸 철면 강시의 잘려진 팔이 담겨 있었다.

무일이 상자를 열고 그 속에 담긴 철면 강시의 팔을 드러내 보이자 고약한 썩은 내가 장내에 진동했다.

상자 안에는 방취(防臭)에 쓰는 독한 백화향(百花香)이 작은 벽돌 모양으로 잘려서 잔뜩 들어 있었으나, 이미 부패하기 시작한 철면 강시의 팔에서는 보통의 시체에서 나는 악취보다 몇 배 더 심한 악취가 나서 별다른 효과가 없었다.

그러나 설무백의 지시를 받은 무일은 그 앞에 서서 콧잔등 한 번 찡그리지 않고 그간 자신이 강시의 팔을 가지고 여러 가지 시험을 통해 파악한 내용을 알려 주었다.

"결론적으로 말씀드리자면, 이건 산 사람의 심장을 제물로 사용한다는 과거 생사교의 강시대법을 통해서 만들어진 강시가 분명합니다. 철판 같은 피부와 교룡의 가죽보다 더 질긴 근육, 그리고 강철 같은 뼈, 이는 분명 철강시입니다."

설무백은 무일의 면전에 놓인 강시의 팔을 가리키며 물었다.

"그놈은 미완이었다. 두 눈 부위가 퀭한 해골의 모습이었지. 혹시 과거 생사교의 강시대법에 그런 부작용이 있다는 얘기를 들어 본 적이 있나?"

무일이 당연히 있다는 듯이 고개를 끄덕이며 대답했다.

"과거 생사교의 강시대법은 역천의 수법이라는 악명이 자자했습니다. 하늘의 도리를 거스르는 수법에 부작용이 없을 리가 있나요."

"그런 놈들이 생겨날 수도 있다?"

"저도 할아버님께 들은 얘기에 불과하지만, 생사교의 초창기에는 팔이나 팔이 녹아 버린 놈, 눈이 빠졌거나 귀가 떨어져 나간 놈 등, 불량으로 탄생한 가지각색의 미물이 절반을 넘겼다고 합니다. 다만…….”

문득 고개를 갸웃한 무일이 넘겨짚었다.

“나중에는 거의 없었다고 했는데, 혹시 이들이 과거 생사교의 강시대법을 제대로 다 전수받지 못한 것이 아닐까요?”

“그럴지도…….!”

가능성이 있는 얘기였다.

설무백은 가만히 고개를 끄덕이며 무일의 말에 동조했다. 그리고 짧은 심호흡으로 주위를 환기시키며 좌중을 둘러보았다.

“이제 다들 알겠지만, 제가 다시 자리를 비우려는 것이 바로 이놈 때문이에요. 이놈 하나 잡으려고 공야무륵과 위지건이 같이 나섰어요. 그런데 신응 모용사관의 의심이 사실이라면 모용세가에서 이런 놈을 몇 십 마리나 더 만들 냈다는 얘기가 됩니다. 그냥 넘어갈 수 없잖아요.”

그는 씩 웃으며 모두를 향해 넙죽 고개를 숙였다.

“최대한 빨리 다녀오도록 하겠습니다!”

최대한 빨리 다녀오겠다는 설무백의 말은 지금 당장 떠나겠다는 뜻은 아니었다.

정말 오랜만의 귀환이었고, 하루가 다르게 성장한 풍잔은 이미 거대방파로 성장해 있었다.

이제 풍잔은 더 이상 설무백이 잠깐의 회의로 돌볼 수 있는 수준의 조직이 아니었다.

그리고 그건 체계의 문제가 아니라 규모의 문제였으며, 그에 앞서 관계의 문제였다.

"우리 풍잔은 거의 대부분의 사람이 주군을 중심으로 혹은 주군으로 인해 모였음을 잊지 마십시오."

설무백과 둘만 남은 자리에서 제갈명이 건넨 조언이었다.

설무백은 그게 무슨 의미인 모르는 바보가 아니었고, 그에 앞서 자신도 늘 같은 생각을 하고 있었기에 우선 풍잔의 영내를 돌며 사람들을 만났다.

그다음에는 풍잔의 영외, 아직까지는 예충이 주도하고 있는 대도회와 백사방도 돌았다.

그저 예충과 함께 이칠과 양의를 포함한 백사방과 대도회의 몇몇 요인들을 만나서 안부를 묻고 사소한 잡담을 나누며 차 한잔하는 것에 불과한 자리였다.

그러나 설무백은 그것을 제안한 제갈명과 그것이 꼭 필요한 자리라는 의견의 일치를 보았다.

그렇게 닷새라는 시간이 지나갔다.

그사이 예충과 화사, 철마립이 밤을 도와 조용히 돈황으로 출발했고, 풍사와 천타도 광풍대의 정예 열 명을 추려서 섬서성 남부인 한중 등지에서 암약한다는 마적단 용화당을 소탕하기 위해 떠났다.

잔월과 제연청이 벌써 사라지고 없다는 것은 그다음 날에 제갈명이 가져온 보고였다.

설무백은 그제야 처음으로 개인적인 시간을 가질 수 있어서 단예사의 조부인 단 노인을 거처로 불렀다.

알아도 상관없고 몰라도 괜찮으나, 그냥 접어 두기에는 조금 께름칙한 의혹을 풀기 위해서였다.

그런데 그의 직감이 옳았다.

설무백의 의혹을 듣고 한동안 망설이던 단 노인이 결국 그와 같은 비사를 얘기해 주었다.

"예사는 저만이 아니라 돌아가신 운몽자선 어른의 손자이기도 합니다. 가주인 운몽지학과 제 딸년 사이에서 난 자식이 바로 예사입니다."

아는 사람만 아는 얘기라고 했다.

운몽지학이 술김에 벌인 단 한 번의 실수였고, 운몽자선이 상의 끝에 단 노인의 딸을 외부로 내보내서 살 자리를 마련해 주는 것으로 조용히 무마한 사건이라는 것이다.

그 사건, 고작 한 번의 실수로 아이가 잉태되었고, 그 아이가 바로 단예사라는 것은 천하에서 오직 두 사람, 운몽자선과 단 노인 그 자신만 아는 비밀이었다.

"다들 단예사가 일찍이 지병으로 죽은 단 노인의 아들이 남긴 손자라고 알고 있다. 그건 어떻게 된 일이지?"

단 노인이 쓸쓸하게 웃으며 대답했다.

"사람의 기억이 참 쉽게 조작되더군요. 딸애를 타지로 내보내고 나서 어느 정도 시간이 지난 다음, 소인에게 사생아인

아들이 하나 있고, 그 아들이 결혼을 해서 아들을 낳았다는 등, 없던 사실을 있던 사실처럼 둔갑시켜 놓으니, 정작 단예사를 데려왔을 때도 딸애와 연관시키는 사람들은 아무도 없었습니다."

"다행이군."

"예, 다행이었습니다. 소인은 지금도 넘어가길 바라니. 비밀로 해 주십시오. 이제 와서 밝힐 이유가 없는 일입니다. 예사를 낳고 임심 중독으로 인해 죽은 딸애도 그걸 바랐습니다. 딸애를 남몰래 지켜보시며 도와주시다가 자연히 사실을 알게 되신 운몽자선 어르신께서도 끝내 비밀을 지켜 주셨습니다."

설무백은 수긍의 표시로 묵묵히 고개를 끄덕였다.

하지만 하고 싶은 말을 그만두지는 않았다.

"비밀을 지켜 준 것이 아니라 굳이 밝힐 이유가 없었을 겁니다. 언제고 단예사가 자연히 알게 될 일이라고 생각했을 테니까요."

"예? 그게 무슨……?"

"운몽자선 어른께서 단예사에게 전해 준 것은 그리 간단하게 주고받을 수 있는 것이 아닙니다. 단예사도 언제고 그걸 알게 될 거라는 소립니다. 어쩌면 벌써 알고 있는지도 모르고요."

"예……?"

설무백은 놀라는 단 노인을 향해 미소를 드리우며 차분한 어조로 진정시켰다.

"너무 걱정하지 마십시오. 설령 사실을 알게 된다고 해도 단예사는 분명 슬기롭게 헤쳐 나갈 겁니다. 보기보다 더 심성이 굵은 아이니까요."

"……."

"저는 오늘 아무것도 묻지 않았고 아무 말도 듣지 않았습니다. 대신 단 노인께서는 언제고 그 아이가 물었을 때, 어떻게 설명해 주는 것이 좋을지 잘 준비해 두세요."

단 노인이 무슨 말인지 이해한 듯 진심 어린 표정으로 깊이 고개 숙여 인사했다.

"잘 알겠습니다. 정말 감사합니다."

설무백은 그렇게 단 노인을 돌려보낸 다음에야 제갈명에게 확인했다.

"네가 보기에는 어때? 단예사가 아는 것 같아, 모르는 것 같아?"

제갈명이 대답했다.

"아직 모르는 것 같습니다. 워낙 심지가 깊은 애라 내색이 없긴 합니다만 이 정도 일이라면 분명 감정의 동요가 있었을 텐데, 다행히도 그간 그런 기색이 전혀 없었습니다."

"다행인 건가?"

"다행으로 봐야죠. 아직 약관도 안 된 어린애잖습니까. 저는 주군과 달리 그 또래는 워낙 감정이 풍부한 시기라 아무리 조숙해도 어디로 튈지 모른다고 생각합니다."

제갈명이 피식 웃으며 말미에 한마디 덧붙였다.

"다른 애들을 주군의 입장과 비교하지 마십시오. 지금까지 제가 알기론 주군과 같은 별종은 세상에 없습니다."

설무백은 전생의 기억을 가진 자신의 입장을 생각하니 절로 제갈명이 말에 설득당해서 어깨를 으쓱이며 말했다.

"알았으니까, 곁에서 잘 살펴 줘. 어디로 튀든 크게 다치지 않는 곳으로 튈 수 있도록 말이야."

제갈명이 가슴을 치며 장담했다.

"염려 마세요. 그게 또 제 전문 분야 중 하나입니다. 사춘기 때 막 놀아 봐서 잘 알거든요. 음하하하……!"

설무백은 왠지 모르게 물가에 내놓은 아이처럼 아슬아슬하게 보여서 미덥지가 않았으나, 달리 기댈 곳도 마땅치 않아서 그냥 넘어가며 말문을 돌렸다.

"괜한 흰소리 말고, 전날 내게 따로 하겠다는 말이나 어서 해 봐. 무슨 얘기야?"

"아, 그거요."

제갈명이 문득 어색해진 표정으로 설무백의 눈치를 살피며 말했다.

"조금 이해할 수 없는 문제가 두 가지 있는데, 하나는 소문이고, 다른 하나는 사실에 입각한 의혹입니다."

"거창하게 나오긴……."

설무백은 눈총을 주며 잘라 말했다.

"각설하고 소문부터 말해 봐."

제갈명이 말했다.

"중원 무림의 각대문파에 요상한 경고장이 날아든답니다. 천외천주라는, 생전 듣도 보도 못한 이름을 쓰는 자가 이제 곧 징벌하러 갈 테니 단단히 준비하고 있으라는 경고장이랍니다."

설무백은 대수롭지 않게 손을 내저었다.

"그건 신경 쓰지 마. 그 일은……."

"압니다."

제갈명이 말을 가로챘다.

"당연히 주군께서 하오문을 부려서 벌인 일이겠죠."

설무백은 머쓱해졌다.

사실이었다.

그는 삐딱하게 제갈명을 쳐다봤다.

"그럼 내가 왜 그런 것인지도 잘 알 텐데?"

"알죠. 걔들 보고 좀 강해지라는 거겠죠. 주군의 예지력으로 보신 머지않아 다가올 무림의 환란을 대비해서 말이에요."

"다 알면서 왜 물은 거야?"

제갈명이 천연덕스럽게 대답했다.

"알고 계시라고요. 주군께서 남몰래 하신 그 일이 어느새 중원의 변방에 속하는 여기까지 소문났다는 것을 말입니다. 문상으로서의 조언입니다."

조언이라기보다는 충고였다.

이제 더 이상 그 일을 지속할 이유가 없고, 지속한다면 분명 무언가 사단이 일어날 것이라는 자신의 생각을 드러낸 것이다.

옳은 생각으로 들렸다.

적어도 충분히 고려해 봐야 할 문제인 것 같았다.

설무백은 곱지 않는 눈초리로 제갈명을 바라볼망정 수긍하고 넘어갔다.

"알았으니까, 다음."

제갈명이 그의 수긍에 고무된 기색으로 어깨를 으쓱하며 다음 문제로 넘어갔다.

"다름이 아니라, 이제 주변의 모두가 우리 풍잔을 예사롭지 않게 지켜보고 있는데, 정작 예사롭지 않게 지켜보던 사람은 어째 관심을 끊은 것 같아서요."

설무백은 지금 제갈명이 누구를 빗대서 하는 말인지 대번에 짐작할 수 있었다.

전날 그도 같은 생각을 했기 때문이다.

"희여산?"

"왜 아니겠습니까. 예, 그 여자요. 주군께서는 뭐 아시는 것 있습니까?"

"내가 알아야 되나?"

"그건 아니지만, 두 분이서 매우 가깝게 지내셨잖습니까?"

"그렇게 보였어?"

"아닌가요?"

설무백은 주저 없이 되물으며 빤히 바라보는 제갈명의 태도를 보자, 그가 왜 전날 이 문제를 나중으로 밀었는지 알 수 있었다.

제갈명은 그간 그와 희여산의 관계를 모종의 밀약이 있는 사이로 생각한 모양이었다.

"그런 거 아니야."

"그런 게 아니면요?"

"그냥 좀…….""

설무백은 스스로도 남의 눈에는 그렇게 보일 수도 있겠다 싶었으나, 막상 이유를 설명하자니 참으로 애매했다.

전생과 얽힌 인연을 어떻게 설명해 줄 수 있을 것인가.

"……서로 관심 있게 주시하고 있을 뿐이야. 남녀관계가 아니라 서로에게 필요한 도구로서."

"이를 테면요?"

제갈명은 전부터 그들의 관계가 매우 의심스러웠던 것 같았다. 그냥 물러날 기색을 보이지 않고 집요하게 말꼬리를 잡고 있는 걸 보니.

설무백은 못내 귀찮았으나, 분명하게 집고 넘어가는 것이 좋을 것 같아서 전생의 인연을 배제하고 지금의 솔직한 감정을 말해 주었다.

"아마도 그녀는 나를 끌어들일 수 있는 힘으로 볼 테지. 나는 그녀를 북련과의 인연을 위한 교두보로 있지만."

"정말 그게 단가요?"

"뭐가 더 있어야 하는 거야?"

"아니, 뭐 그건 아니지만……."

설무백은 불쑥 말을 자르며 경고했다.

"말 잘해라. 조금이라도 삐끗하면 감당하기 어려운 나락이니까."

"예?"

"지금까진 너만이 아니라 모두의 관심사일 수 있겠다 싶어서 고분고분 대답해 준 거야. 하지만 어째 개인적인 호기심이 들어간 것 같다 싶으면……."

그는 씩, 웃으며 말을 끝맺었다.

"말 안 해도 알지?"

"알죠. 알고말고요."

제갈명이 '아, 뜨거워라' 하는 기색으로 대구하고는 서둘러 말문을 돌렸다.

"아무튼, 사실이 그런 거라면 희여산의 무관심이 더욱 신경이 쓰이네요."

설무백도 그건 같은 생각이었다.

"둘 중 하나겠지. 남몰래 감시 중이거나 관심을 끊을 수밖에 없는 이유가 생겼거나."

"제가 따로 알아볼까요?"

"아니, 그냥 둬. 내가 하지. 둘 중 어느 것이 사실이든 신중하게 움직일 필요가 있으니까."

제갈명이 퉁명스럽게 따졌다.

"저는 신중하지 못하다는 겁니까?"

"잘하면 치겠다?"

"아, 아니, 제가 언제 또 그랬다고……!"

설무백은 다급한 변명으로 말을 더듬는 제갈명에게 바싹 얼굴을 들이밀며 짐짓 사납게 말했다.

"첫째는 이게 아니라도 지금 네가 하는 일이 빡빡할 정도로 너무 많고, 둘째는 그간 풍잔의 일이 대부분 너의 입에서 시작되었기 때문에 혹여 우리가 모르는 감시자가 있다면 다른 누구보다도 너를 가장 철저히 감시하고 있을 것이기에 이러는 거다. 명색이 문상이라는 놈이 멍청하게 이런 걸 일일이 다 설명해 줘야 아냐? 응?"

제갈명이 깊이 들어갔던 자라목을 빼며 헛기침을 하고는 뻔뻔스럽게 대답했다.

"압니다. 알아요. 혹시나 주군께서 그걸 모르시는 건 아닌지 한번 확인해 본 것뿐입니다."

설무백은 절로 실소하며 뇌까렸다.

"이걸 그냥 확 죽여 버릴까?"

나직한 혼잣말이었는데, 공야무릎이 기가 막히게 알아듣고 도끼 자루를 잡았다.

"하면, 제가……!"

제갈명이 웃는 낯으로 진땀을 흘리며 서둘러 나서서 공야무릎을 어깨를 잡고 말렸다.

"농담하신 거예요, 농담. 보면 모르세요?"

공야무릎이 자신의 어깨에 놓인 제갈명의 손을 물끄러미 쳐다보며 말했다.

"나는 농담으로 안 들렸는데?"

제갈명이 재빨리 손을 거두고 설무백을 향해 울상을 지으며 말을 더듬었다.

"노, 농담 맞으시죠?"

설무백은 슬쩍 손을 들어서 공야무릎을 뒤로 물러나게 하고는 제갈명을 쳐다보며 혀를 찼다.

"그러니까 조심해. 나도 사람인지라 실수로 진담이 나올 수도 있으니까."

설무백의 눈치를 보던 제갈명이 이제야 농담이 확실하다고 생각했는지 장난스럽게 뻣뻣한 부동자세로 서서 대답했다.

"여부가 있겠습니까! 명심 또 명심하겠습니다!"

설무백은 어련하겠냐는 듯 한숨을 내쉬다가 문득 떠오르는 것이 있어서 물었다.

"아참, 전에 듣자니 기물이나 신물에 대해서 잘 안다고 했지?"

제갈명이 언제 뻣뻣하게 긴장했냐는 듯 활짝 웃는 낯으로 가슴을 쳤다.

"어디 그뿐이겠습니까. 천문지리(天文地理), 기관매복(機關埋伏)에서 의술(醫術)에 이르기까지, 제가 또 한 박학다식하지요. 음하하……!"

설무백은 이제 더는 말대꾸해 주기도 힘들어서 그냥 품에 꺼낸 물건을 탁자에 올려놓았다.

지난날 신응 모용사관에게 부탁을 들어주는 대가로 받은 환희불상이었다.

"이게 대체 어디에 쓰는 물건인지 한번 살펴봐."

"살다 살다 다리가 여섯 개나 달린 환희불은 처음이네요. 이런 괴불(怪佛)은 대체 어디서 난 겁니까?"

녹황색의 청옥으로 만들어진 환희불을 이리저리 살피는 제갈명은 마냥 신기하다는 모습이었다.

설무백은 손으로 가볍게 탁자를 두드렸다.

"질문을 질문으로 받는 건 굉장히 안 좋은 버릇이지. 그 버릇 내가 고쳐 줄까?"

환희불을 살피는 제갈명이 눈 하나 깜빡하지 않고 태연하게 대꾸했다.

"성급도 하셔라. 괜히 재촉하지 마세요. 그냥 이렇게 중얼거리며 살피는 것이 보다 더 집중력을 높이는 저만의 방법이라 그러는 겁니다."

설무백은 정말 그런 것 같아서 머쓱하게 입을 다물고 기다렸다. 곧바로 이어진 제갈명의 말이 그런 느낌을 주었다.

"재질은 청옥이고, 몸에 두른 가사의 형태를 보니 적어도 백 년 이전에 재작된 포대화상(布袋和尙)이네요."

환희불상으로 알고 있었다. 그런데 제갈명은 환희불상이 아니라 포대화상이라는 것이다.

제갈명이 대번에 바뀐 설무백의 태도와 상관없이 완전히 딴 세상이 있는 사람처럼 심취해서 환희불을, 아니, 포대화상을 살피며 연신 설명했다.

"사람들은 이런 형태의 불상을 환희불이라고 하지만, 실은 포대화상이 와전된 겁니다. 하면, 제가 왜 포대화상을 불상이라고 하느냐? 포대화상은 미륵불(彌勒佛)의 형상 중 하나이기도 하거든요. 그런데 재미있는 게 뭔지 아십니까?"

답을 바라는 질문이 아니었다.

자신의 지식을 뽐내기 위한 질문이었다.

설무백은 그걸 익히 잘 알기에 그저 침묵을 유지했다.

과연 제갈명은 미륵불이라는 배불뚝이 포대화상을 탁자에다 세워 놓고, 엎어 놓고, 뒤집어 놓는 등 이리저리 방향과 구도를 바꾸어서 살피며 자신이 던진 질문에 스스로 답했다.

"미륵불은 열반에 드신 부처님께서 미래의 사바 세계에 다시 나타나서 어리석은 중생을 구제하고, 환희불은 인연을 따라 나타나는 부처 중의 한 분으로, 중생들에게 항상 기쁨과 즐거움을 주어서 모든 번뇌를 해결해 준다고 하지요. 즉, 두 분 다 중생들에게 행운을 준다는 의미로 같다는 겁니다. 재밌지요?"

재미없었다.

설무백은 더 이상 사설이 길어지면 짜증이 날 것 같았다.

그러나 제갈명은 그런 그의 맥을 정확히 짚을 정도로 영리했다.

"자, 그럼 이제 어디 이분께서 우리 주군께 어떤 행운을 주려는지 한번 살펴볼까."

늦는다 싶은 순간에 재빨리 본론으로 들어간 제갈명이 이리저리 살피던 청옥의 포대화상을 탁자에 올려놓고 재우쳐 말했다.

"살펴본 결과 여섯 개의 다리를 가진 것 말고도 일반적인 불상과 다른 것이 두 부분이나 더 있습니다. 입과 배가 다릅니다."

제갈명은 손가락으로 포대화상의 입과 배를 차례차례 가리키며 부연했다.

"이렇게 입을 닫은 포대화상은 없고, 이렇게 배를 가린 포대화상도 없지요. 왜 그랬을까요?"

이번에도 질문이 아니라 무언가를 알려 주려는 혹은 설명하려는 의도로 보였다.

설무백은 문득 유성처럼 뇌리를 스치는 무언가가 있어서 절로 대답했다.

"그럴 수밖에 없는 이유가 있겠지."

제갈명이 탁자의 포대화상을 설무백을 향해 돌려놓으며 히죽 웃었다.

"제 생각이 바로 그겁니다."

설무백은 탁자의 포대화상을 손에 들고 유심히 살펴보았다. 전에 보이지 않던 것이 이제야 보였다.

포대화상의 입술 아랫부분과 배를 덮은 옷의 결에 미세한 선이 있었다.

얇은 천을 포개 놓은 것처럼 보이는 선이었다.

그는 즉시 입술 부위의 그 선을 눌러도 보고, 밀어도 보며 변화가 있는지 살폈다.

하지만 달리 변화는 없었다.

그는 다시 포대화상의 불룩한 배를 덮고 있는 옷의 결에 난 그 선을 같은 방법으로 살펴보았다.

이번에는 변화가 있었다.

티딕!

작은 쓸림의 소음과 함께 옷의 결에 난 선이 좌우로 벌어지며 포대화상의 배가 드러났다.

제갈명이 그걸 보고 감탄하며 말했다.

"다른 게 하나 더 있었네요. 그 어떤 포대화상의 조각도 그처럼 튀어나온 배꼽을 가지고 있지 않습니다."

사실이었다.

불룩한 포대화상의 배에 달린 배꼽이 마치 사마귀처럼 볼록하게 튀어나와 있었다.

설무백도 그것을 이상하게 생각하고 있던 참이라 지체 없이 튀어나온 그 배꼽을 눌러 보았다.

순간!

딸깍!

미세한 소음이 나며 포대화상이 굳게 다물고 있던 입을 살짝 벌렸다. 동시에 희고 작은 물체 하나를 토해 냈다.

손가락 한마디의 크기인 그것은 전서구의 다리에 매달린 전통에 넣는 전서처럼 돌돌말린 종이였다.

설무백은 절로 호기심 어린 눈빛을 드러내며 종이를 펼쳐 보았다.

종이는 생각보다 길게 풀려 나가서 한 자(30.3cm)가량이나 되었고, 전체가 깨알 같은 글씨로 빼곡했다.

그리고 그 서두에는 놀랄 만한 글귀가 적혀 있었다.

다라제칠경(多羅第七經) 무량속보(無量速步).

설무백은 절로 눈이 커졌다.

신응 모용사관의 말을 처음 들었을 때, 그는 그저 그러려니 하며 별다른 기대를 품지 않았다.

완전한 거짓은 아닐 테지만, 그를 홀리려는 짐작이 적지 않은 말이라고 치부했기 때문이다.

그런데 그게 아니었다.

청옥의 환희불상은, 아니, 미륵불이라는 포대화상 조각은 모양사관의 말마따나 과거 소림사를 세워서 선종의 시조가 된 발타선사가 천축에서 가져왔다는 열세 가지 절대무학의 전설을, 즉 다라십삼경 중 하나를 품고 있었던 것이다.

"다리가 여섯 개인 이유가 있었네. 한 두 개가 더 있는 것도 아니고 네 개나 더 있으면 얼마나 빠르겠나."

설무백은 종이의 내용이 상승의 무학이며, 그중에서도 그조차 너무 난해해서 쉽게 습득할 수 없었던 낭왕의 천화뇌전신(天火雷電身)이나 야신 매요광의 야무영과 무상신보처럼 뛰어난 경신법임을 거듭 확인하고는 절로 쓴 입맛을 다셨다.

애초에 약속을 어길 생각은 없었지만, 대가로 받은 물건이 물건인지라 약속의 물건이 한층 더 무겁게 느껴졌다.

그때 뒤늦게 종이의 내용을 확인한 제갈명이 두 눈을 크게 부릅뜨며 놀라워했다.

"대체 이걸 어디서 난 겁니까?"

"몰라도 돼. 알면 다쳐."

설무백은 대수롭지 않게 대꾸하며 포대화상 조각이 토해

천화천의
주인

낸 무공도보를 품에 챙기고 나서 공야무륵 등을 향해 말했다.

"어서 가서 떠날 채비하고 와. 아무래도 서둘러 떠나야 할 것 같다."

공야무륵과 위지건, 그리고 암중의 혈영 등이 두말없이 자리를 떠나는 사이, 제갈명이 당황하며 물었다.

"지금 축시(丑時 : 오전 1~3시)입니다. 이 시간에 떠나신다고요?"

설무백은 태연하게 자리를 털고 일어나서 간단하게나마 짐을 꾸리기 위해 방으로 들어가며 대답했다.

"왜? 축시에는 밖에 나가지 말라는 법이라도 생겼어?"

제갈명이 졸졸 뒤를 따라오며 툴툴거렸다.

"무슨 웃기지도 않는 그런 말씀을…… 너무 갑작스러우니까 그렇죠. 갑자기 이러실 이유가 없잖아요."

"있어."

설무백은 짧게 말을 자르며 부연하려다가 이내 그만두며 묵묵히 몇몇 옷가지를 넣은 봇짐을 챙겼다.

비록 그가 대가의 크기에 따라서 마음이 변하는 소인배는 아니라고는 하나, 모용사관과의 약속을 더욱더 소홀히 할 수 없는 기분이 들어 어쩔 수 없었다.

천하에 둘도 없이 귀중한 물건을 선뜻 대가로 내놓았다는 것은 그만큼 모용사관의 마음이 절실했다는 뜻이고, 그는 그 마음을 외면할 수 없었다.

물론 그처럼 세세한 심정의 변화까지 제갈명에게 설명해
줄 이유는 없고 말이다.

　　그런데 한 치 앞도 내다보기 어려운 것이 사람의 일이라더
니, 과연 그랬다.

　　공야무륵 등이 떠날 채비를 하고 돌아오기도 전에 갑자기
방문한 손님 하나가 있었다.

　　풍잔의 경비를 맡고 있는 호풍대의 대주, 광풍구랑 맹효가
앞세우고 들어온 그 손님은 설무백이 처음 보는 낯선 여인이
었다.

　　하지만 무릎을 꿇고 바닥에 머리를 찧으며 사정하는 그 여
인의 부탁이 설무백의 발길을 전혀 엉뚱한 방향으로 돌려 버
렸다.

　　"부디 도와주십시오! 희여산, 희 총사님이 위험합니다, 대
협!"

　　하남성의 서쪽, 황하의 남쪽 해안과 낙하(洛河)의 북쪽해안
에 위치한 고도(古都) 낙양의 북문대로였다.

　　축시를 넘기는 야심한 시각이라 발길을 서두르는 길손과
비틀거리는 취객만이 간혹 오가는 한산한 거리를 빠르게 걷
고 있는 두 사내가 있었다.

두 사내는 흑의 무복을 걸친 것도, 범상치 않은 기도를 풍기는 것도 같았으나 주종관계처럼 상하관계로 보였다.

상대적으로 약간 단신인 사내는 앞서 걸으며 길 안내를 하고, 약간 장신인 다른 사내는 약간 뒤에서 거만하게 따르고 있었다.

이윽고, 앞서 걸으며 길 안내를 하던 단신의 사내가 대로를 벗어나서 좁은 골목으로 발길을 틀었다.

"이쪽입니다!"

뒤따르던 장신의 사내가 묵묵히 고개를 끄덕이며 단신의 사내를 따라서 골목길로 들어섰다.

허름하고 지저분한 골목이었다.

휘영청 밝은 달이 떠 있는 밤임에도 달빛이 들지 않아서 음침하고 스산한 느낌을 주고, 며칠 전 내린 빗물이 아직도 웅덩이를 이루며 썩어 가는 바람에 악취가 진동했다.

대여섯 번이나 방향을 바꾸며 발길을 재촉한 그들은 마침내 골목의 끝에 도달했다.

거기 골목 끝에 선 초라한 목옥(木屋)이 바로 그들의 목적지였다.

"드시지요."

단신의 사내가 목옥의 문을 열었다.

장신의 사내는 묵묵히 고개를 숙여야 들어갈 수 있는 그 문을 통해서 모옥의 내부로 들어갔다.

목옥 안에는 서너 명의 사내가 여기저기 흩어져서 제멋대로 앉아 있었다.

그들이 안으로 들어서는 장신의 사내를 보고는 동시에 일어나서 깊이 고개를 숙였다.

장신의 사내는 그런 그들을 알은척도 하지 않고 지나쳐서 뒤쪽에 달린 문 앞에 서더니, 품에서 꺼낸 검은 두건으로 코를 비롯한 하관을 가렸다.

뒤따라 안으로 들어선 단신의 사내도 그를 따라서 그렇게 얼굴을 가렸다.

장신의 사내가 그런 단신의 사내를 일별하며 문을 열고 밖으로 나섰다.

구조로 봐서는 분명 밖으로 나가는 뒷문처럼 보였으나, 사실은 그렇지가 않았다.

뒷문으로 보인 그 문 안쪽은 또 하나의 방이었고, 그 방에는 의자에 묶인 채 산발한 머리를 깊이 숙이고 있는 여자 하나와 그 여자를 지키는 복면의 두 사내가 있었다.

"오셨습니까."

의자에 묶인 여자를 지키던 복면의 두 사내가 안으로 들어서는 장신의 사내를 향해 더 할 수 없이 정중하게 포권의 예를 취했다.

장신의 사내는 그저 쳐다보는 것으로 답례하며 손을 흔들어서 나가라는 시늉을 했다.

천외천의
주인

두 사내가 말없이 밖으로 나갔다.

장신의 사내를 따라온 단신의 사내가 그들이 나간 문을 닫고 그 앞을 막았다.

장신의 사내는 그제야 의자에 묶인 여자의 면전으로 다가섰다.

의자에 묶인 여자가 혼절한 것처럼 늘어져 있던 고개를 힘겹게 들었다.

얼마나 모진 고문을 당했는지 산발한 머리에 여기저기 긁히고 찢긴 얼굴의 그녀는 바로 북련의 총사인 빙녀 희여산이었다.

그녀, 희여산이 장신의 사내를 보더니 피식 웃었다.

"지금 장난 치냐? 그 따위 복면으로 뭘 가릴 수 있는 건데?"

"하긴……."

장신의 사내가 그녀의 말에 동의한다는 듯 고개를 끄덕이며 복면을 내렸다.

활짝 웃는 미남의 얼굴이 드러났다.

거듭 놀랍게도 그는 바로 북련이 구성한 두 개의 전위대 중 하나인 제선대의 대주, 절정검 추여광이었다.

"아무리 그래도 옛정이 있지, 우리 사이에 얼굴을 가리는 건 좀 우습다 그지?"

거대흑도巨大黑道 (6)

동아줄도 부족해서 굵은 쇠사슬까지 겹으로 칭칭 감아서 의자에 묶인 희여산이 새삼스럽게 부어오른 눈꺼풀을 들고 찢어진 입술을 벌려서 웃음을 그리며 말했다.

"엿이나 드셔."

추여광이 웃는 낯으로 미간을 찌푸렸다.

"이거 왜 이래? 쓸데없이 내 인내를 시험해서 어쩌자고 그래?"

희여산이 무슨 그런 말을 다하느냐는 듯 조소를 날렸다.

"나야말로 이거 왜 이래다. 잡아 두고 사흘 동안이나 콧빼기도 안 보이던 놈이 이 시간에 부랴부랴 달려온 것을 보면 이미 남은 인내가 없는 거 아니었냐?"

추여광이 여전히 미소를 잃지 않은 채 다가와서 그녀의 입술에 묻은 핏물을 손가락으로 닦아 주며 말했다.

"인내에도 여러 종류가 있는 거야. 이를 테면 내가 너를 이렇게 잡아놓고 이런저런 고문은 다 해도 결코 여자를 욕보이는 짓은 하지 않고 있잖아. 내게 그건 엄청난 인내다, 너. 막말로 내가 울컥해서 이제라도 너를 밖에 있는 애들에게 던져주며 마음대로 하라고 하면 어쩌려고 그래?"

희여산이 부르르 몸서리를 쳤다.

추여광이 진짜 그럴 수 있다는 사실을 그녀는 충분히 인지하고 있었다.

"그러니까, 조심하라고. 쓸데없이 없이 오기 부리지 말고. 네가 막 나가면 나도 막 나갈 수밖에 없어. 시궁창에 처박힌 갈보가 되기 싫으면 너는 내게 무조건 잘 보여야 하는 거야. 알겠어? 아, 그리고……!"

그는 음침하게 웃으며 한마디 덧붙였다.

"너와 연락이 끊어진 것이 아무래도 이상하다며 난리법석을 떨던 네 졸개들은 내가 알아서 적당히 잘 처리했으니, 걱정 말고."

희여산이 지그시 입술을 깨물며 추여광을 노려보았다.

그러다가 이내 긴 한숨을 내쉰 그녀는 힘없이 고개를 끄덕이며 그의 말을 수긍했다.

"그래. 미치도록 싫지만 정말 다른 방법이 없네. 네게 잘 보이는 수밖에는……."

그녀는 자못 애처로운 표정으로 추여광을 쳐다보며 고개를 끄덕였다.

"알았어. 네 말대로 할게. 그러니 우선 이것 좀 풀어줘라. 차라도 한잔하면서 내게 바라는 게 무엇인지 들어나 보자."

추여광은 어설픈 희여산의 연극에 속지 않았다.

"미안하지만 그건 좀 곤란하다. 내가 바보도 아니고 두 눈에 독기를 품고 생글거리는 여자의 말을 어떻게 믿을 수 있겠냐."

"독기는 무슨, 그냥 눈이 부은 거야. 딴 전혀 생각 없어. 난 정말 그냥 너랑 마주앉아서 대화를 나눠 보고 싶어서 그래. 네가 내게 원하는 것이 뭔지 말이야. 자, 지금의 내 모습을 봐. 산공독을 먹인 것도 부족해서 점혈까지 해 놓았으면서 대체 뭐가 두려워서 그래? 두려울 게 없잖아?"

"아니, 없지 않아."

추여광이 대번에 부정하며 웃는 낯으로 부연했다.

"내가 다른 건 다 두려워하지 않아도 빙녀 희여산의 손 속은 좀 두려워하거든. 혹시나 산공독을 조금이라도 해독했고, 이혈대법이라도 썼다면 내가 정말 곤란해질 수도 있으니까."

희여산이 어금니를 물었다.

그러면서도 그녀는 메말라 갈라진 입술에 애써 그린 미소를 지우지 않고 말했다.

"에이, 그럴 리가 없잖아."

"그럴 리가 있는지 없는지는 아무도 모르지. 그러니 조심해야지. 만사불여튼튼. 이거 내가 아주 좋아하는 말이거든. 아, 물론 내가 너에게 당할까 봐 두렵다는 게 아니야. 계획대로 이용도 못하고 네가 죽을까 봐 두려운 거지. 아무튼, 그건 그거고…….."

추여광이 빙글거리며 대꾸하고는 실내의 한쪽 벽에 놓인 탁자로 자리를 옮겼다.

탁자에는 큼직한 차병과 사발이 놓여 있었다.

지난 시간 동안 희여산을 고문하고 지키던 사내들이 마시던 찻물이었다.

"차 한 잔 같이 하는 거야 어려운 일이 아니지."

추여광은 차병을 들어서 안에 든 찻물을 사발 같은 찻잔에 그득하게 부었다.

희여산이 본능처럼 말라 터진 입술을 혀로 핥으며 그 모습을 바라보고 있었다.

애써 감추려 해도 못내 드러나 버린 간절한 눈빛이었다.

나흘이나 물 한 모금 마시지 못했으니, 참으려 해도 참을 수 없는 반응일 것이다.

추여광은 예리하게 그런 그녀의 모습을 살피며 찻물이 넘치는 것도 상관하지 않고 차병에 있는 모든 찻물을 찻잔에 부었다. 그리고 들어 올리다가 놓아서 바닥에 떨어트렸다.

와창-!

찻잔이 박살 나며 찻물이 바닥을 넓게 적혔다.

"이런, 아까워라."

추여광이 전혀 아깝지 않는 표정으로 아깝다고 말하면서 희여산을 바라보며 싱긋 웃었다.

희여산이 독기 어린 눈초리로 추여광을 쏘아보며 씹어뱉듯 말했다.

"개새끼!"

추여광이 어깨를 으쓱하며 웃었다. 그리고 갑자기 그녀에게 다가가서 그녀의 뺨을 후려갈겼다.

짝-!

사나운 소음과 함께 희여산의 고개가 돌아가며 피가 튀었다.

희여산이 곧바로 고개를 바로하며 추여광의 얼굴에 피가 섞인 침을 뱉었다.

"퉤-!"

추여광이 웃는 낯으로 자신의 얼굴에 묻은 침을 손바닥으로 닦아 내서 옷에 쓱쓱 문질렀다.

그리다가 돌연 두 눈을 살기로 희번덕거리며 희여산의 턱을 손아귀로 움켜잡았다.

"딱 한 번만 말할 테니, 잘 들어. 네가 납치당한 나흘 전, 당일 군사인 활진평(活陳平) 이궐(李闕)과, 포교원주(布敎院主)인

육지선(六指仙) 육양명(育陽明)이 누군가에게 암살당했다. 너는 그 암살의 배후로 한 사람을 지목해야 한다. 바로 감숙성 난주의 흑도, 풍잔의 주인이라는 설무백을 말이다."

희여산의 눈이 커졌다.

오만가지 생각을 다 해 본 그녀로서도 이건 정말 상상도 하지 못한 말이었다.

추여광이 그녀의 반응을 눈여겨보며 누런 이를 드러냈다.

"결코 다른 협상은 없다. 너는 틀림없이 그렇게 해야 하고, 안 그러면 너의 가문은, 아, 가문이 아니라 문파지 참. 고아인 너를 주워서 키워 준 아미파 말이야."

그는 한층 더 손아귀에 힘을 주어서 그녀의 얼굴을 일그러트리며 계속 말했다.

"그 아미파의 인물이 당연하게도 장문인인 금정신니(金頂神尼)를 시작으로 하루에 한 사람씩 죽어 나갈 것이고, 결국 아미파는 멸문지화를 면치 못하게 될 거다. 의심하지 마라. 틀림없이 내가 그렇게 만들 테니까."

희여산은 잡아먹을 듯이 추여광을 노려보며 입을 벌렸다.

추여광이 웃는 낯으로 그녀의 턱을 더욱 강하게 잡아서 말을 막으며 고개를 저었다.

"지금 당장 대답하지 마라. 충분히 고민하고 나서 대답해라. 시간은 넉넉하니까."

그는 슬며시 그녀의 턱을 놓아주고 한걸음 물러나서 피식 웃으며 부연했다.

"너는 지금 납치당한 것이 아니라 홀로 암살자의 뒤를 추적하는 중이야. 고작 나흘 만에 난주에 있는 암살자의 배후를 파악했다는 건 너무 이르지."

희여산이 애써 냉정한 기색을 되찾으며 물었다.

"아무리 생각해도 이건 너무 이상한 겁박이야. 내가 알았다, 네가 시키는 대로 다 하겠다고 하고 막상 풀려나서는 약속을 어기고 련주를 찾아가서 이 사실을 그대로 고변하면 어쩌려고 그래?"

추여광이 태연하게 웃으며 반문했다.

"그러다가 련주마저 우리 편이면 너야말로 어쩌려고?"

"뭐, 뭐라고?"

"네가 믿고 부리던 친위대인 홍인대(紅燐隊)의 대주 손중화(孫中花)가 손수 네 찻잔에 약을 탔고, 이렇듯 내게 끌고 왔는데, 그게 내 명령인지 아니면 련주의 명령인지 누가 알겠냐?"

희여산의 얼굴이 새파랗게 질렸다.

작금의 상황이 그저 설무백을 잡으려는 명분을 위한 수작에 불과하다면 얼마든지 련주마저 저들과 한통속일 수도 있겠다는 생각이 든 것이었다.

그녀의 굳은 얼굴을 살핀 추여광이 재미있다는 듯 빙글거리며 놀렸다.

"이런, 이런. 천하의 빙녀 희여산도 겁을 먹긴 먹는군그래?

하하하……!"

이내 웃음을 그친 그는 손사래를 치며 다시 말했다.

"그리 너무 겁먹을 것 없다. 그건 아니니까. 이건 말이다. 그냥 내가 그런 거, 저런 거 다 떠나서 자신이 있어서 이러는 거야. 네가 다른 마음을 먹고 련주에게 모든 사실을 고변한다면 그 즉시 아미파를 멸문시킬 자신 말이야."

희여산의 안색이 변했다.

왜 그런지 모르게 눈빛도 거짓말처럼 차분하게 가라앉았다.

그 상태로, 그는 비릿한 미소를 입가에 그리며 말했다.

"어설픈 잔머리로 나를 시험하지 마. 아직도 나를 몰라? 지금 내가 중요한 건 아미파의 멸문 따위가 아니라 바로 나야. 그 이후에 내가 어떻게 되느냐 하는……."

그녀는 냉정하게 가라앉은 눈빛으로 추여광을 직시하며 재우쳐 물었다.

"말해 봐. 그 이후에 나는 어떻게 되는 거지?"

추여광이 어딘지 모르게 미심쩍은 눈치로 희여산의 시선을 마주하다가 이내 피식 웃었다.

"이제야 내가 바라마지 않는 빙녀 본연의 모습으로 돌아온 건가?"

희여산이 표독스럽게 다그쳤다.

"잔소리 집어치우고 어서 대답이나 해!"

추여광이 히죽 웃으며 대답했다.

"그리 심각하게 얘기할 건 아니야. 그저 네가 우리 편이 될 수 있는 기회를 얻게 되는 것뿐이니까."

희여산의 눈동자가 빠르게 굴렀다.

정말이지 생각이 많아진 모습이었다.

추여광이 그런 그녀를 외면하고 돌아서며 다시 말했다.

"적어도 사나흘의 시간은 더 줄 수 있으니 신중하게 잘 고민해 봐. 그동안 물이나 음식은 몰라도 더 이상의 고문은 없을 테니까 편안하게. 흐흐흐……!"

희여산은 지그시 입술을 깨무는 것으로 못내 복잡해진 심경을 드러냈으나, 밖으로 나서는 추여광을 붙잡지는 않았다.

추여광은 그런 그녀를 밀실에 남겨 둔 채 매정하게 발걸음을 옮겨서 또 하나의 밀실을 거쳐 밖으로 나왔다.

중간의 밀실에 대기하고 있던 사내들이 따라 나와서 그를 배웅했다.

추여광은 자리를 뜨기 전에 그 사내들을 향해 지시했다.

"나흘 후에 다시 오겠다. 여태까지처럼 음식은 주지 말고 물은 눈치껏 바닥에 흘려서 계집이 핥아먹게 해라. 그리고 고문은……."

잠시 말꼬리를 늘인 그는 음충맞게 웃으며 지시를 마무리했다.

"나는 그만두라고 지시했지만, 너희들은 그만두지 않는다.

그래야 내 태도와 제안이 얼마나 고상한지 그녀가 뼈저리게 느낄 테니까. 무슨 말인지 알겠지?"

예상치 못한 변수, 난데없이 찾아온 불청객으로 인해 우선순위를 바꾸려는 설무백의 행보에는 걸림돌이 많았다.

우선 제갈명이 쌍지팡이를 들고 반대했고, 적현자와 환사, 천월 등 풍잔의 요인들 모두가 부정적인 견해를 내놓았다.

비록 소강상태이긴 하나, 아직 남북대전이 끝나지 않은 마당에 북련의 내부 문제에 끼어드는 것은 옳지 않다는 것이 그들의 주장이었다.

풍잔의 요인들 모두는 희여산이 누군가 정체 모를 자들에게 납치당했다는 것을 남맹의 소행이 아니라 북련의 자중지란(自中之亂)으로 보고 있었다.

설무백은 그처럼 모두의 반대에도 불구하고 완고하게 뜻을 굽히지 않았다.

싫든 좋든 희여산은 북련과의 교두보 역할을 할 사람이라 위험을 알고도 그냥 방치할 수 없다는 것이 그의 생각이었다.

결국 설무백은 강경하게 나갔다.

"저는 무슨 일이 있어도 갑니다. 그러니 막무가내로 막을 생각하지 말고 제가 수용할 수 있는 대안을 제시하세요."

천왕천의
주인

풍잔의 요인들은 어쩔 수 없이 한 발 물러났다.

일단 마음을 굳힌 설무백이 절대 뜻을 굽힐 경우란 없다는 것을 다들 익히 잘 알고 있기 때문이다.

그래서 제안이 나왔다.

"저희들이 따로 선별해서 친위대를 구성할 테니, 데려가십시오."

설무백은 수용할 수 없었다.

"그건 안 될 말이야. 가뜩이나 적잖은 인원이 자리를 비웠어. 친위대가 한두 명은 아닐 테고, 여기서 더 인원이 빠져나가면 정작 여기서 무슨 일이 벌어질 경우 어쩌려고 그래?"

"예?"

모두가 그의 말을 듣고 어리둥절한 가운데, 제갈명이 예리하게 알아듣고 나섰다.

"주군께서는 이게 우리를, 그러니까 여기 풍잔을 공격하기 위한 수단일 수도 있다고 생각하시는 겁니까?"

설무백은 부정하지 않았다.

"아닐 거야. 하지만 절대 아니라고는 말 못해. 이제 우리 풍잔은 모르는 사람보다 아는 사람이 더 많아졌어. 이게 북련의 누군가가, 혹은 희여산의 머리에서 나온 작전일 수도 있다는 생각을 전혀 배제하지 말아야 해."

"음."

제갈명이 묵직한 침음을 흘리는 것으로 그의 말을 수긍했다.

다른 사람들도 심각해진 눈빛을 서로 교환하는 것으로 어느 정도 그의 말을 인정하고 있었다.

"그러니까, 이렇게 하자."

설무백은 작심하고 말했다.

"사도, 너는 지금 즉시 강남으로 넘어가서 사사무에게 작금의 사정을 알리고, 둘이 같이 모용세가를 살피고 있어. 절대 지근거리로 접근하지 말고 멀리서. 빠르면 보름, 늦어도 한 달 이내에 내가 갈 테니까."

"아니, 이게 무슨……?"

제갈명이 어리둥절해하는 좌중을 대신해서 나서는데, 설무백은 듣지 않고 좌중을 둘러보며 하려던 말을 계속했다.

"사도의 자리게 비었으니, 대신 요미를 데려가도록 하겠어. 내가 변경할 수 있는 것은 이게 최선이고, 최고니까 다들 이의 없기를 바라."

"……!"

모든 사람들이 전혀 납득하지 못한 표정이었으나, 더 없이 단호한 설무백의 주장에 압도당한 듯 선뜻 나서지도 못하고 눈치만 보았다.

설무백이 그사이 선언했다.

"이상 끝!"

그리고 자리를 털고 일어나서 밖으로 나갔다.

"그럼 나는 이만······!"

⚜

낙양으로 가는 길은 요미만 신났다.

모두가 전력을 다해서 경신술을 펼쳐야 했기에 피곤하기도 하련만 그녀는 내내 웃고 떠들었다.

낙양에 도착해서도 요미의 신바람은 잦아들지 않았다.

그녀는 새로운 도시의 풍경을 하나도 놓치기 싫다는 듯 사방을 두리번거리며 이리 뛰고 저리 뛰느라 정신이 없었다.

설무백은 그런 그녀를 탓하거나 말리지 않았다.

공야무륵 등 모든 일행이 그와 같았다.

이번이 요미의 인생에 있어 첫 번째 강호행임을 모두가 익히 잘 알고 있었기 때문이다.

다만 들뜬 기분에 취한 망둥이는 하나로 족했다.

설무백은 낭양에 입성하자마자 서둘러 적당한 객잔을 물색해서 거처를 정하고, 그 거처인 객잔의 대문에 모종의 흑화(黑話 : 암호)를 남겼다.

하오문의 살아 있는 전설인 용군이 낙양에 뿌리를 둔 하오문도를 호출하는 흑화였다.

공야무륵은 설무백의 명령에 따라 낙양의 요처를 돌며 개방의 걸개를 수소문했고, 혈영은 사전에 초대한 지인을 마중

하러 모처로 이동했다.

낙양의 영내로 들어서서 불과 반시진이 지나기도 전에 그 모든 일이 이루어졌다.

설무백이 이번 일을 얼마나 중요하게 생각하고 있느냐를 대변하는 모습이었다.

그 바람에 식사가 늦었다.

설무백은 그렇게 모든 것을 처리하고 나서야 남은 일행과 함께 뒤늦은 식사를 했다.

낙양의 중앙대로가 내려다보이는 거처인 연래객잔(聯來客棧)의 이 층 객청의 창가였다.

날이 저물어 가는 중이었다.

거리 서쪽 하늘에 희미한 석양의 잔영만이 남아서 시간이 어느새 유시(酉時 : 오후 5~7시)로 접어들었음을 알리고 있었다.

객잔에 방을 잡은 사람에게 무료로 지급되는 음식이 나오자 다들 즐겁게 식사를 시작했다.

만두와 물고기 뼈를 우려 낸 육물에 만 국수, 시금치와 함께 볶아 낸 돼지고기 요리가 전부인 투박한 식사였으나, 다들 시장이 반찬이라고 맛나게 먹었다.

특히 요미는 깔끔 떠는 또래의 소녀들과 달리 음식을 우적우적 게걸스럽게 먹어서 좌중을 웃음 짓게 만들었다.

하지만 한 사람은 달랐다.

수천 리를 마다하지 않고 달려와서 희여산의 위급한 상황을 설무백에게 알리며 도움을 청한 여인, 희여산의 친위대인 홍인대(紅燐隊)의 부대주인 구밀도(九密刀) 진진(振振)은 그처럼 기분 좋게 웃으며 맛나게 식사하며 사람들 속에 포함되지 않았다.

상관의 안위가 목에 걸리는 것이지, 진진은 밥 한 술 제대로 뜨지 못하고 있었다.

그리고 보면 그녀는 가타부타 아무런 말도 없이 무조건 낙양의 시내로 들어와서 숙소를 잡은 설무백을 묘하게도 내내 불편한 시선으로 바라보고 있었다.

그리고 그것보다 더욱 묘한 것은 설무백의 태도였다.

설무백은 그와 같은 진진의 태도를 절대 모를 리 없으면서도 내내 모르는 척 외면하고 있었다.

결국 진진이 더는 참지 못하고 울컥해서 나섰다.

"저기, 설 공자! 아니, 설 대협! 지금 이러고 있을 때가 아니질 않습니까! 당장에 총사께서 납치된 장소로 가 봐야지요!"

그녀는 설무백만이 아니라 공야무륵과 위지건을 향해서도 도와달라는 듯 강하게 호소했다.

"안 그래도 오며 가며 너무 늦어서 총사의 신변에 벌써 무슨 일이 생겼을지 모릅니다! 이렇게 쓸데없이 시간을 더 지체하다가는 정말이지 총사의 생사를 장담할 수 없게 된단 말입니다!"

일각이 여삼추인 상황에서 한가하게 숙소나 잡고 밥이나

먹으려는 설무백 등의 태도가 그녀는 너무나도 싫고 불쾌한 것 같았다.

격앙된 목소리로 열변을 토하는 그녀의 목소리에는 전에 없이 싸늘한 적개심마저 담겨 있었다.

하지만 설무백은 심드렁할 정도로 태연하게 그런 진진을 가만히 바라보았다.

그리고 불쑥 입을 열었다.

답변이 아니라 오히려 질문이었다.

"당신이 왜 가까운 북련의 총단을 버리고 그 먼 난주까지 나를 찾아왔다고 했죠?"

진진이 예상치 못한 질문에 당황한 듯 인상을 찌푸리다가 이내 신경질적으로 대답했다.

"말했잖습니까! 총사님의 친위대인 홍인대주 손중화와 그 예하의 대원들이 총사님을 암습해서 제압하는 배신의 자리에 제선대주인 절정검 추여광을 비롯한 북련의 요인들이 대거 나타났다고 말입니다!"

"아참, 그랬지요. 그런 상황이라면 정말 북련의 총단으로 도움을 청하러 갈 수는 없겠네요. 나라도 못 갔을 겁니다."

설무백은 능히 이해할 수 있다는 듯 고개를 끄덕이며 수긍하고는 재우쳐 물었다.

"아, 그리고 아미파로 가지 않은 이유는 평소 그쪽과 교류가 없었고, 딱히 아는 사람도 없어서라고 그랬나요?"

진진이 싸늘하게 대답했다.

"그것도 그렇지만, 그에 앞서 아미파의 장로인 혜월신니(慧月神尼)가 추여광과 같이 있었기 때문이라고 분명하게 말했습니다만!"

"결정적으로 제게 도움을 청하러 온 것은 평소 희여산 총사께서 내부의 알력으로 골치가 아플 때마다 여차하면 저에게 도움을 청해야겠다. 해 준 것이 있으니, 내 청을 거절하지는 않을 거다, 라는 등의 말을 자주 했기 때문이고 말이죠?"

진진이 급격히 얼음처럼 차갑게 식어 버린 눈초리로 설무백을 쏘아보며 따졌다.

"설마 아직도 저를 의심하고 있는 건가요?"

설무백은 그럴 리가 있겠냐는 듯 가볍게 웃는 낯으로 대답했다.

"쓸데없는 오해는 그만두세요. 저는 지금 그대, 진(振) 여협의 말을 믿기 때문에 이러는 겁니다."

"뭐라고요? 의심의 눈초리로 저를 보며 굼벵이처럼 뭉그적거리는 것이 어떻게 그런……?"

"북련의 요인들이 대거 나타났고, 하다못해 아미파의 장로까지 거기 있습니다. 아무런 대책도 없이 무작정 그들에게 쳐들어가서 어쩌자고요? 막말로 말해서 거기에 그들만이 아니라 북련주도 함께 있지 말라는 보장 있습니까?"

"그, 그건……!"

진진이 감히 생각해 보지 못한 일격을 당한 사람처럼 선뜻 대답하지 못하고 말을 더듬었다.

설무백은 그녀의 말이 이어지기 전에 냉정하게 한마디 더 충고해 주었다.

"혹시나 해서 미리 말해 주는데, 저를 너무 과대평가하지 마세요. 하물며 저는 순수한 마음으로 도움을 주려는 사람입니다. 희 총사가 무슨 말을 어떻게 했는지는 모르겠으나, 저는 그녀의 빚쟁이가 아니라는 겁니다."

진진이 느끼는 바가 컸던지 한결 차분해진 모습으로 고개 숙여 사과했다.

"정말 송구합니다. 그럴 의도는 아니었는데, 제가 워낙 마음이 조급해지다보니 본의 아니게 결례를 저질렀네요. 너그럽게 이해해 주십시오, 설 대협."

"아닙니다. 진 여협이 그만큼 희 총사를 걱정한다는 뜻이겠지요. 이해합니다."

설무백은 웃는 낯으로 대수롭지 않게 수긍하며 재우쳐 말했다.

"아무튼, 식사가 끝나면 말해 주려고 했는데, 애타는 마음에 조급증이 난 것 같으니 미리 말해 드리죠. 저는 조금이라도 만전을 기하기 위해서 야습을 생각하고 있습니다. 오늘 저녁입니다. 진 여협은 그만 들어가서 좀 쉬십시오. 시간이 되면 부르도록 하겠습니다."

"아, 그러셨군요."

진진이 설무백의 계획을 듣고 나자 앞서 자신이 너무 흥분해서 나섰음을 진심으로 반성했는지 순순히 수긍하며 자리를 털고 일어났다.

"알겠습니다. 그럼 안에서 기다리고 있겠습니다."

설무백은 묵묵히 고개를 끄덕이는 것으로 자리를 뜨는 그녀를 배웅했다.

진진이 그렇게 사라지기 무섭게 사탕수수를 진하게 다린 물에 만두를 찍어먹고 있던 요미가 쳐다보다지 않고 기분 나쁘게 한마디를 툭 던졌다.

"얄미운 년!"

설무백이 바라보자 그녀는 재빨리 손에 들고 있던 큼직한 만두 하나를 억지로 입안에 쑤셔 넣으며 히죽거렸다.

설무백은 한마디 하려다가 그만두었다.

상황이 그랬다.

그가 웃는 얼굴에 침 못 뱉는다는 식으로 잠시 머뭇거리는 사이, 그의 지시를 수행하러 밖으로 나갔던 공야무륵이 터덜터덜 이 층으로 올라왔다.

"다녀왔습니다."

"수고했어. 그래 찾았어?"

"찾았습니다. 남문대로 쪽에 두 서너 걸개가 죽치고 앉아 있더군요."

"그래서 뭐래?"

"이달 초순부터 지금까지 낙양성 안이든 낙양성 밖이든 간에 누군가 싸워서 다치는 사건은 한 번도 없었답니다."

"그래?"

"정보를 모으는 일결제자인 개목(丐目)에게 천이탁의 이름을 파는 것도 부족해서 무려 은자 두 냥이나 주고 얻은 정보니 확실할 겁니다."

"그래 알았어. 아직 식전이지? 어서 밥 먹어."

설무백은 일어나서 공야무륵에게 자리를 내주며 객잔의 일층으로 향했다.

공야무륵이 수저를 잡다가 말고 다시 일어났다.

다른 자리에서 식사를 하던 흑영과 백영도 거의 동시에 반응해서 일어나고 있었다.

이제 그들에게 있어 설무백을 수행하는 것은 생각에 앞서 몸이 반응하는 습관이나 버릇과 같은 것이다.

"어디를 가시려고……?"

설무백은 모두에게 손을 내저었다.

"신경 쓰지 말고 어서 밥들 먹어. 대문에 적어 둔 흑화를 지우려는 거니까. 그 정도로 확실한 정보면 굳이 하오문도까지 불러서 물어볼 필요가 없잖아."

공야무륵이 고개를 끄덕이며 다시 자리에 앉았다.

흑영과 백영도 시선을 교환하며 어깨를 으쓱하고는 다시 자리에 앉아서 하던 식사를 마저 하기 시작했다.

설무백은 그사이 일 층 객청을 거쳐 밖으로 나섰다.

그러나 설무백이 연래객잔의 대문에 남긴 흑화를 지울 필요는 없었다.

누군가 대문에 그가 남긴 흑화를 지우고 있었다.

후리후리한 신장에 평범한 적삼을 걸쳤는데, 이목구비가 심하게 가운데로 쏠려서 그냥 가만히 있어도 무언가 골똘히 생각하는 것처럼 보이는 얼굴이 이채로운 삼십 대의 사내였다.

설무백은 고작 한 번 만났을 뿐이지만 특이한 그 얼굴로 인해 대번에 사내를 알아볼 수 있었다.

하오문의 십이재 중 하나인 편수(騙手) 응구랑(應九郎)이었다.

"이런! 긴가민가했는데, 정말 주군이셨군요! 오랜만에 뵙습니다, 주군! 그간 별래무량하셨는지요!"

"과하다 과해!"

설무백은 사람들이 오가는 연래객잔의 대문 앞에 뻣뻣하게 서서 공수하는 응구랑에게 은근슬쩍 눈총을 주고 돌아서서 잰걸음으로 가까운 뒷골목을 찾아갔다.

응구랑이 뒤늦게 눈치를 채고는 서둘러 그의 뒤를 따라왔다.

마침 그리 멀지 않은 거리에 사람들의 이목이 쉽게 닿지 않은 골목이 있었다.

응구랑이 골목으로 따라 들어오기 무섭게 새우처럼 깊게

허리를 접으며 용서를 구했다.

"죄송합니다. 너무 놀라고, 반가운 나머지 그만……!"

"하여간 과하다니까."

설무백은 가볍게 한마디 타박으로 응구랑의 허리를 펴게 하고 물었다.

"아무튼, 응구랑이 여기 낙양에 있는 줄 몰랐네. 어떻게 된 일이야?"

응구랑이 어색한 미소를 흘리며 대답했다.

"어떻게 된 일이긴요, 하남성의 위쪽 절반이 저의 순찰 지역 아닙니까."

"아, 그랬네?"

"그래도 제가 운이 좋았습니다. 이틀 전에 왔거든요. 순찰을 끝내고 막 돌아가는 길이었는데, 학정(鶴正)이 주군께서 남기신 흑화를 보고 까무러치게 놀라서 제게 달려오는 덕분에 이렇게 주군을 만나는 홍복을 누르게 되었습니다."

아무래도 응구랑의 과한 언행은 천성인 것 같았다.

설무백은 새삼 그의 언행이 거슬렸으나, 타박보다는 궁금한 것이 먼저였다.

"학정이 누군데?"

"아, 학정이요. 주군께서 거처로 잡으신 연래객잔의 점장(店長)입니다. 점원들의 우두머리 말입니다. 그 녀석, 나이는 어려도 황결제자(黃結弟子)입니다."

"아……!"

설무백은 절로 탄성을 흘렸다.

아무 생각 없이 잡은 객잔의 점장이 하오문도라니, 놀랍기도 하고 신기하기도 했다.

그러다가 그는 문득 궁금한 것이 떠올라서 물었다.

"근데, 그 친구가 왜 내가 남긴 흑화를 보고 까무러치게 놀랐다는 거야?"

응구랑이 묘한 미소를 흘리며 대답했다.

"우리 애들 거의 대부분이 평생 어디에도 도와주는 이 하나 없이 밑바닥 인생을 살아온 녀석들입니다."

"……?"

"……그런 녀석들에게 작게나마 기댈 수 있는 버팀목이 되어 주는, 억울하게 누가 자기를 때리면 찾아가서 욕이라도 대신 해 줄 수 있는 우리 하오문의 존재는 정말 큽니다."

"……!"

"주군께선 그런 하오문의 태상문주, 바로 전설의 용군이십니다. 어찌 까무러치게 놀라지 않을 수가 있겠습니까. 학청이 아주 용케 정말 까무러치지 않고 버틴 겁니다. 흐흐흐……!"

설무백은 왠지 모르게 가슴 한 구석이 뭉클했다.

조금 전 응구랑이 그를 보자마자 새우처럼 허리를 접으며 인사하는 것을 그저 과하다고만 생각했는데, 사실은 그게 아니라는 생각이 들어서 더욱 가슴이 먹먹해지는 기분이었다.

뭐랄까?

이제 정말 함부로 행동할 수 없겠다는 실로 막중한 책임감이 들고 있었다. 그리고 그 뒤를 따르는 깨달음이 있었다.

기실 내색은 삼갔으나, 최근 그는 종종 길을 잃은 것 같은 기분에 휩싸이고는 했다.

분명 전생의 기억을 발판으로 단순한 복수가 아니라 보다 더 완전하고 원대한 복수를 하겠다고 결정했고, 그에 따라 힘을 기르고 세력을 키우며 다가올 환란의 시대를 대비하고 있음에도 불구하고 그는 가끔 그런 기분이 들어서 매우 혼란스러웠었다.

사람과의 관계가 늘어나고 깊어질수록 독하던 복수의 감정이 흐려지며 마치 목표 혹은 가야 할 길을 잃어버린 아이와도 같은 기분이 되어 버리고는 했다.

그런데 우습지도 않게 그는 지금 이 순간, 자신이 결코 목표를 잃거나 가야 할 길을 망각한 것이 아니라는 사실을 깨달았다.

냉정히 따져 보면 엉뚱하게도 그의 복수와 아무런 상관이 없는 응구랑의 말이, 보다 정확히는 응구랑이 설명해 준 학정이라는 사내의 태도가 그에게 그와 같은 깨달음을 주었다.

이제 보니 지금 그는 제대로 가고 있었으나, 스스로가 그것을 정확하게 인지하지 못하고 있을 뿐이었다.

아무래도 너무 많은 생각을 하고, 너무 많은 행동을 하다

보니 정체성의 혼란을 느끼고 있었던 것이다.

그러나 이제는 되었다.

의도한 바는 아니겠으나, 응구랑과 학정이라는 사내의 도움으로 말미암아 설무백은 지금의 길이 틀리지 않다는 사실을 확실하게 인지했다.

또한 자신이 왜 이 길을 선택했는지도 이제 선명해졌다.

'나 혼자 살려고 했던 것이 아니었다!'

그랬다.

설무백은 자신만이 아니라 주변의 모두와 다 같이 살고 싶었다.

전생의 개미굴에서도 그랬고, 쾌활림에서도 같은 생각이었다.

그러다가 결국 배신을 당해서 죽었지만, 그는 그럼에도 불구하고 아직도 여전히 깊디깊은 내면에 자신은 둘째 치고, 주변 사람들을 죽지 않게 하기 위해서 힘이 필요하다는 생각을 품고 있었다.

이게 천성인지 아니면 그것과 별개인 다른 무엇이지는 그 자신도 정확히 알 수 없었지만, 확실한 것은 전생의 그만이 아니라 지금의 그도 여전히 그렇게 생겨 먹은 사람이라는 것이다.

그러니 이제 더 이상 혼란스러워할 필요가 없었다.

이제 그는 절대 흔들리지 않고 자신이 정해 놓은 길을 그대로 곧장 걸어가기만 하면 되는 것이다.

'전생에는 그러다가 죽었지만, 이번 생에서는 절대 죽지 않는다!'

설무백이 벅차오르는 가슴을 애써 진정시키는 거듭 다짐하는 참인데, 가만히 서서 복잡 미묘하게 변화하는 그의 표정을 살피던 웅구랑이 갑자기 격해져서 물었다.

"정말 큰일이 생겼나보군요! 무슨 일입니까? 대체 무슨 일로 여기 낙양까지 오셔서 저희를 찾으신 건지 어서 말씀해 주십시오, 주군! 저는 아니, 우리는 그게 무슨 일이든 주군을 위해서라면 목숨을 바칠 각오가 되어 있습니다, 주군!"

"과하다니까 글쎄!"

설무백은 짐짓 매섭게 눈총을 주고는 이내 피식 웃으며 본론을 꺼냈다.

"별거 아냐. 그저 최근에, 얼추 이달 초순부터 지금까지 여기 낙양성에서 혹은 낙양성 밖에서라도 무림인들 간의 싸움이 벌어진 적이 있었는지 물어보려고 부른 거야. 혹시 그런 적 있었나?"

웅구랑이 대답했다.

"아니요. 그런 일은 한 번도 없었습니다만?"

"확실해?"

"예, 확실합니다. 제가 오늘 막 낙양 순찰을 끝냈잖습니까. 그런데 한 번도 그런 일이 있었다는 얘기를 들어 본 적이 없습니다."

"좋아, 수고했어."

설무백은 기분 좋게 응구랑의 어깨를 두드려 주고 작별을
고하며 돌아섰다.

"그럼 다음에 또 보자고."

"예?"

응구랑이 황당하다는 표정으로 뒤를 따라오며 물었다.

"정말 그게 다인 겁니까?"

"응."

"정말이요?"

"응."

"진짜요?"

"……언제까지 따라올래?"

"그럼 저는 이만! 다음에 뵙겠습니다, 주군!"

"아, 글쎄 과하다니까!"

설무백은 새삼스럽게 새우처럼 허리를 접으며 머리가 땅
에 닿도록 인사하는 응구랑을 애써 떨쳐 내고 후다닥 연래객
잔으로 돌아왔다. 그리고 기다리던 사람들과 마저 식사를 끝
낸 이후, 예정대로 밤이 되기를 기다렸다.

축시(丑時 : 오전 1~3시)였다.

설무백은 진진을 불러서 연래객잔을 벗어났고, 그녀의 안
내에 따라 낙양성의 동문 밖으로 대략 십여 리 떨어진 동산에

자리한 사찰인 백마사(白馬寺)로 갔다.

거기가 바로 추여광 등이 희여산을 납치해 간 장소라는 것이 진진의 주장이었다.

그러나 그곳에는 이미 그들의 방문을 알고 기다리는 자들이 있었다.

함정이었다.

백마사는 수백 년의 유구한 역사를 자랑하며 낙양에서 가장 유명한 사찰로, 과거 한참 성할 때는 승려의 숫자가 무려 오백을 넘었다고 알려져 있었다.

그러나 화무십일홍(花無十日紅)이요, 권불십년(權不十年)이라는 말은 사리사욕을 버리고 자아성찰만을 추구하는 도량(道場)에도 적용되는 모양이었다.

지금은 고작 이십여 명의 승려들만이 오고 가는 향객(香客)들을 맞이한다는 것이 사전에 설무백이 알아본 백사사의 근황이었다.

그런데 오늘의 백마사에는 그마저 보이지 않았다.

사찰의 입구를 표시하는 일주문(一柱門)과 그다음의 천왕문(天王門)을 통과할 때까지 승려의 모습이 하나도 보이지 않는 것은 야심한 시각이라서 그런다고 쳐도, 금당(金堂 : 절의 본당)

이 보일 수 있는 자리에 세운다 하여 해탈문(解脫門)이라고도 불리는 도량의 마지막 문인 불이문(不二門)을 지날 때에도 눈에 보이는 사람이 하나도 없었다.

그저 송(宋)나라 때 만들어졌다는 불이문 좌우의 두 마리 백마상(白馬像)만이 그들을 맞이하고 있을 뿐이었다.

그러다가 불이문을 들어서 사찰의 정면에 자리한 왕주전[天王殿]과 그 뒤로 늘어선 대불전(大佛殿), 대웅전(大雄殿) 등의 건물이 시야에 들어오자 상황이 급변했다.

건물의 좌우에서 혹은 마당의 중앙을 비롯해서 군데군데 드넓게 세워진 석탑의 뒤에서 사람들이 줄지어 모습을 드러냈다.

승려들이 아니었다.

몸에 착 달라붙는 검은색의 경장을 걸친, 이른 바 야행복 차림에 도검을 뽑아 든 사내들이었다.

절간에 중은 오간데 없고 도부수들만 잔뜩 깔려 있었다. 그리고 대략 오십여 명인 그들, 두부수들 사이에는 설무백이 어렵지 않게 알아볼 수 있는 사내 하나도 포함되어 있었다.

불이문을 들어서면 바로 전면에 보이는 왕주전의 문을 활짝 열고 당당하게 나서는 사내였다.

여자처럼 하얀 피부에 준수한 용모를 지녔고, 눈초리와 입술이 아주 얄팍한데다가 입가에 선명한 칼자국이 있어서 매우 비정하면서도 사이한 느낌을 주는 그 사내는 북련의 전위대 중 하나인 제선대의 대주, 절정검 추여광이었다.

그 사내, 절정검 추여광이 활짝 웃는 낯으로 두 팔을 벌리며 말했다.

"어서 오시오. 반갑소, 설 공자. 아니, 흑포사신 대협이라고 해야 하나?"

설무백은 대뜸 알은척을 하는 추여광의 태도와 상관없이 그저 무심하게 장내를 쓱 하고 한차례 둘러보고는 곁에 선 안내자인 진진을 향해 물었다.

"저 친구를 빼면 북련의 요인들도 없고, 아미파의 장로인 혜월신니도 안 보이는데?"

"아니, 나는 분명히……!"

진진이 태연자약하게 바라보며 묻는 설무백의 태도에 당황한 듯 선뜻 대답하지 못하고 말을 더듬다가 일순 눈빛이 변해서 신형을 날렸다.

전방을 향해서였다.

상관을 납치한 적을 보고 울컥해서 나선 것이 아니었다. 막무가내로 설무백과 멀어지려는 행동, 바로 도주였다.

하지만 그녀를 뜻을 이루지 못했다.

위지건이 거칠게 그녀를 막았다.

턱-!

반사적으로 내밀어진 그의 함지박만 한 손이 진진의 뒷덜미를 움켜잡았다.

마치 튀어 오르는 메뚜기를 손으로 낚아채 버린 것 같은 모습이었다.

"억!"

진진이 기겁해서 억눌린 신음을 내뱉으며 허공에서 대롱거렸다.

위지건이 아무렇지도 않게 그런 그녀의 얼굴을 설무백 쪽으로 돌렸다.

설무백은 아무렇지도 않게 진진을 바라보며 특유의 미온한 미소를 지어 보였다.

"누가 누굴 속였을까?"

숨이 막혀서 얼굴이 검붉게 변해 버린 진진이 이제야 무언가 느낀 듯 두 눈을 크게 부릅떴다.

그랬다.

그녀가 설무백을 속인 것이 아니었다.

설무백이 그녀를 속였다.

설무백은 처음부터 진진이 자신을 속이고 함정에 빠트리려 한다는 것을 알고 있었다.

그가 지금 이 자리에 온 것은 그녀의 계획이 아니라 그녀의 계획을 역이용하려는 그의 선택이었다.

"사, 살려……!"

이제야 사태를 파악한 진진이 추여광을 향해 다급히 소리 쳤으나, 목소리가 이어지지 않았다.

위지건의 완력이 그녀가 쉽게 말을 할 수 없을 정도로 엄청 났기 때문이다.

설무백은 그런 그녀의 모습을 냉정하게 외면하며 명령했다.

"죽여."

위지건이 충직한 사람답게 두말없이 고개를 끄덕이며 진진의 뒷목을 잡은 손아귀에 한순간 무지막지한 힘을 가했다.

우둑—!

섬뜩한 소음이 울렸다.

동시에 다급히 다시 소리치려던 진진의 검붉게 변한 얼굴이 옆으로 기울어지며 혀를 빼물었다.

순간적으로 목이 으스러진 즉사였다.

위지건이 그런 진진의 주검을 무심하게 옆으로 내팽개쳤다.

추여광이 이제야 상황이 어떻게 돌아간 것인지 짐작한 듯 어색한 미소를 흘리며 나섰다.

"뭐야, 이거? 이곳이 함정인 줄 알고서도 왔다 이건가?"

설무백은 무심하게 추여광의 시선을 마주하며 대수롭지 않게 반문했다.

"왜 그랬을까?"

추여광이 무언가 알겠다는 듯 설무백과 시선을 마주한 채로 고개를 끄덕이며 비릿하게 웃었다.

"자신만만이네? 내가 누군지도 이미 아는 눈치고 말이야."

설무백은 대수롭지 않게 대꾸했다.

"알지. 알다마다. 그래서 말인데, 너는 내가 누군지 아냐?"

추여광이 의미심장한 미소를 지으며 대답했다.

"난주를 수중에 넣은 흑도인 풍잔의 주인이자, 한때나마 강남 무림을 긴장시켰던 흑포사신. 이 정도면 충분히 안다고 할 수 있지 않을까?"

"대충 그렇다고 치고, 그래서?"

설무백은 잘라 물었다.

"대체 네가 왜 나를 건드리는 건데? 막말로 말해서 네가 나를 언제 봤다고?"

추여광이 자못 근엄해진 표정으로 대답했다.

"네게 기회를 주려는 거다. 나와 손을 잡을 수 있는 기회, 더 나아가서 우리의 전사가 될 수 있는 기회를 말이다."

"그 우리가 누군데?"

"그건 내 손을 잡고 난 이후에 알아도 늦지 않다. 내 손을 잡을 테냐?"

질문과 동시에 추여광이 손을 내밀었다.

설무백은 그의 손을 바라보며 쓰게 입맛을 다셨다.

"거부는 용납하지 않겠다는 태도네?"

"물론!"

추여광이 즉시 대꾸하고는 싸늘한 목소리로 경고를 덧붙였다.

"미안하지만 거부한다면 나는 이 자리에서 네 목숨을 거둘수밖에 없다!"

"소위 명년 오늘이 내 제삿날로 변할 거다. 뭐 이런 소리네. 근데, 정말 미안하긴 한 거냐?"

추여광이 대답 대신 차갑게 식어 버린 눈초리로 설무백을 노려보았다.

이제야 설렁설렁 대꾸하는 설무백의 태도를 알아보며 이게 아니다 싶은 모양이었다.

"지금 뭐 하자는 거지?"

설무백은 웃었다. 비웃음이었다.

"넌 정말 나를 몰라도 한참 모르는구나. 정말이지 다행이다 싶다."

"이 새끼가……!"

"됐고. 협상은 결렬이다. 나는 때려죽여도 너 같은 놈과 손을 잡고 싶지 않고, 앞으로도 그럴 일 없을 거다. 그러니……."

문득 말꼬리를 흐린 설무백은 입가의 미소를 한층 더 짙게 드리우며 추여광의 뒤쪽을 일별했다.

"네 뒤에 있는 저 늙은이도 이제 그만 얼굴을 내밀라고 그래라. 뒷구멍에서 함정이나 파는 작자가 창피해서 숨어 있는 것은 아닐 테고, 기습을 도모하려는 거라면 이미 물 건너갔으니까 말이야."

추여광의 안색이 변했다.

일말의 긴장이 찾아온 얼굴이었다.

그런 그의 뒤쪽, 미닫이문이 활짝 열린 왕주전의 어두운 그늘 속에서 한 자루 장검을 뒷짐에 든 회색 장포의 노인 하나가 느긋하게 걸어 나와 모습을 드러냈다.

오초장검처럼 길면서도 대도(大刀)만큼이나 넓은 검갑이 검신(檢身)의 폭을 드러내는 뒷짐의 장검이 노인의 정체를 말해 주고 있었다.

회색 장포의 노인은 바로 추여광의 사부이기 이전에 이십팔숙의 한 사람인 파사검 채앙이었다.

그 채앙이 지그시 설무백을 바라보며 입가에 희미한 미소를 떠올렸다.

"이제 보니 굳이 노부를 청한 이유가 있었구나. 기도가 예사롭지 않은 것이 그저 당돌한 것만이 아니라 나름 비장의 한 수를 가진 아이로 보인다."

설무백은 진지하게 나서는 채앙을 향해 같잖다는 듯 웃는 낯으로 쏘아붙였다.

"늙은이는 괜한 신소리 그만두고 그간 자신의 추잡한 욕망 때문에 억울하게 죽어 간 애들을 다시 만나면 무슨 말로 용서를 빌지나 생각해 두지?"

채앙이 밑도 끝도 없이 던져진 설무백의 이 말에 반응해서 새파랗게 질린 얼굴이 되었다.

장내의 그 누구도 무슨 뜻인지 모르는 설무백의 말을 오직 그 혼자만 이해한 것 같았다.

이내 그가 흥분해서 소리쳤다.

"도, 도대체 지금 무, 무슨 말도 안 되는 망발을 지껄이는 게냐!"

"이 자리에서 아무도 알아듣지 못하는 말을 혼자만 알아듣고 열 받았네."

설무백은 기다렸다는 듯 꼬집어 말하며 채앙을 향해 싸늘한 미소를 지어 보였다.

"바로 그거야. 지금 늙은이의 머리에 떠오르는 그 생각. 그게 바로 내가 말하는 거야."

"이, 이놈! 지, 지금 무슨 개수작을 부리는 게냐!"

채앙이 얼굴을 붉히며 검 자루를 잡았다.

당장이라도 설무백을 향해 달려들 기세였다.

설무백은 그러거나 말거나 전혀 아랑곳하지 않고 추여광에게 시선을 주며 픽 웃었다.

"의외로 침착한 것을 보니, 어째 너도 아는 것 같다?"

"……."

추여광이 대답하지 않고 침묵을 지켰다.

마치 주변의 수하들을 의식해서 더 이상의 언급 없이 그냥 넘어가길 바라는 눈치였다.

설무백은 즉시 그 기대를 깨트렸다.

"역시 아는구나? 네 사부인 저 추악한 늙은이가 그간 역천의 욕망에 눈이 멀어서 허구헛날 죄 없는 아이들을 잡아다가 그 짓을 하는 것도 모자라서 그게 또 소문날까 봐 두려워서 죽여 버리려는 거 말이야."

그 짓이란 바로 남색(男色), 비역질을 뜻했다.

그것도 어린 아이를 상대로 한 강제적인 비역질을 의미했다.

이십팔숙의 하나인 파사검 채앙은 오래전부터 그처럼 천인공로할 짓을 저지르고 있었고, 설무백은 전생의 기억인 쾌활림의 정보를 통해서 그와 같은 사실을 익히 잘 알고 있었다.

추여광의 눈가에 경련이 일어났다.

그건 그도 이미 사부인 채앙의 추악한 비밀을 알고 있었다는 방증과도 같았다.

그때!

"놈!"

채앙이 싸늘한 일갈을 내뱉으며 비호처럼 날아올랐다.

순간적으로 높이 떠오른 그가 그만큼이나 빠르게 뽑아 든 장검을 앞세우며 설무백의 머리를 노리고 있었다.

그러나 설무백은 뻔히 그 모습을 보면서도 그저 냉소를 날릴 뿐 꼼짝도 하지 않았다.

그럼에도 불구하고 섬광처럼 빠르게 일도양단의 기세로 내려쳐진 채앙의 장검은 설무백에게 조금도 닿지 않았다.

설무백을 향해 떨어져 내리던 채앙의 신형이 그림처럼 허공에서 멈추었다.

무언가 희뿌연 기운이 채앙의 목을 휘감고 있는 모습이 주변 사람들의 시선에 보인 것은 그다음 순간이었다.

이내 채앙의 목에 칼을 댄 사람으로 바뀐 그 희뿌연 기운의 정체는 바로 사천미령제신술로 인해 반투명한 얼음처럼 요사스러운 모습으로 변한 요미였다.

"감히 누굴……!"

누가 막고 자시고 할 틈도 없었다.

빠득 이를 간 요미의 손에 들린 혈마비가 여지없이 채앙의 목을 그었다.

쓱-!

살이 베어져 나가는 섬뜩한 소음이 찬물을 끼얹은 것처럼 고요해진 장내를 가로질렀다.

순간, 절반으로 갈라진 채앙의 목이 쩍 벌어지며 분수 같은 핏물이 허공에 뿌려졌다.

"……!"

채앙은 신음조차 지르지 못했다.

누구도 막을 수 없고, 누구도 거부하지 못하도록 순식간에 벌어진 살인이었다.

그럴 수밖에 없었다.

요미는 뛰어난 재원이자, 엄청난 무공의 소유자였다.

또한 매사에 순진무구하고 천진난만하게 행동하는 그녀의 내면에는 다른 누구보다도 지독한 살기와 독심이 갈무리되어 있었다.

이제 풍잔의 식구들은 다 아는 사실이자, 선과 악의 양면을 가진 아수라(阿修羅)의 화신이 바로 그녀였다.

그런 그녀는 설무백의 말을 듣고 이미 채앙에게 분노하고 있었다.

그런데 그런 채앙이 설무백을 노렸다.

요미는 채앙을 절대 용서할 수 없었고, 그 대가는 죽음밖에 없었다.

다음 권으로 이어집니다

꿈의 도약, 로크에서 하십시오
(주)로크미디어에서 신인 작가를 모십니다

즐거운 세상, 로크미디어는 꿈을 사랑하고 도전을 두려워하지 않는 작가 분들의 참신한 작품을 기다리고 있습니다. 21세기 장르 문학계를 이끌어 갈 차세대 선두 주자 (주)로크미디어에서 여러분의 나래를 활짝 펴 보시길 바랍니다.

모집 분야 판타지와 무협을 포함한 장르 문학
모집 대상 아마추어 작가, 인터넷 작가
모집 기한 수시 모집
  작품 접수 시 유의 사항
    1. 파일명은 작가명_작품명.hwp형식을 갖춰 주십시오.
    1. 파일에 들어갈 내용은 다음과 같습니다.
      — 성명(필명인 경우 실명을 밝혀 주세요), 연락처, 이메일 주소
      — 제목, 기획 의도
      — A4용지 1장 분량의 등장인물 소개
      — A4용지 2장 분량의 전체 줄거리
      — 본문
    1. 작품이 인터넷에 연재되고 있다면, 게시판명과 사이트의 구체적이고 정확한 주소를 기재해 주십시오.

선택된 작품은 정식 계약 후 출판물로 간행되어 전국 서점에 유통됩니다.
작가 분은 (주)로크미디어의 전폭적인 지원하에 전속 작가로 활동하시게 됩니다.
※ 자세한 내용은 로크미디어 홈페이지(rokmedia.com)를 참조하세요.

(03920)서울시 마포구 성암로 330 DMC첨단산업센터 3층 318호
(주)로크미디어 편집부 신간 기획 담당자 앞
전화 : 02) 3273 - 5135
www.rokmedia.com   이메일 : rokmedia@empas.com